まだ温かい鍋を抱いておやすみ

彩瀬まる

JN100191

祥伝社文庫

目次

ひと匙《さじ》のはばたき 5
かなしい食べもの 47
ミックスミックスピザ 91
ポタージュスープの海を越えて 123
シュークリームタワーで待ち合わせ 149
大きな鍋の歌 187
解説 寺地はるな 218

ひと匙《さじ》のはばたき

その人が扉を開いた瞬間、秋口には珍しく温かい夜風が吹き込み、ぐるりと店内を一巡りした。

「いらっしゃいませ」

「あ、ひとり、で」

「カウンターかテーブル、お好きな方へどうぞ」

うちの店には珍しい女性の一人客だ。ライトグレーのトレンチコートの裾《すそ》から細かいプリーツの入ったローズピンクのスカートを覗《のぞ》かせている。顔立ちはそれほど目立つ作りではないのに、彼女は不思議と目を引いた。雰囲気美人というやつだろうか。胸に届くぐらいの長さの髪をチョコレートに近い落ち着いた色に染めて、毛先を軽く遊ばせている。垂《た》れ気味の目尻と、ふっくらとした下唇が愛らしい。

五人ほどいた他の客の眼差《まなざ》しが彼女に集まった。彼女はなぜかカウンター内の私を長く、驚きが混ざったような顔で見つめた。知り合いだろうかと目をこらすも、こんなかわいい知り合いはいない。

少し迷った様子で顔を動かし、彼女は四人がけのテーブル席に着いた。私はメニューと水のグラスを彼女のもとへ運んだ。

「なににしましょう」

「え……と、外のメニューに、煮込みってあって」

「はい、煮込みですね。いつも二種類用意してて、今日はビーフストロガノフと、手羽先《てばさき》とゆで卵の甘辛煮です」

「……うーんと」

それほどしゃべるのが得意ではないのかもしれない。つっかえつっかえ、ワンテンポ遅れた返事が届く。彼女は赤ワインとビーフストロガノフを注文した。お通しのブロッコリーと明太ポテトのサラダをワインと一緒に席へ運び、続いて、煮込みを深皿に盛って届ける。

「もしお腹が空《す》いているようでしたら、パンやごはんもお出しできますけど」

「だいじょうぶです」

いただきますと手を合わせ、彼女は箸《はし》でつまんだブロッコリーを伏し目がちに口へ運んだ。まつげが長い。正面からだとたおやかな印象だけど、角度が少し変わるだけでずいぶん子供っぽい顔になる。

ぱたた、と軽い羽音がした。夜なのに、どこかで鳥が飛んでいる。

美人さんは週に一度のペースで店にやってくるようになった。いつも少し疲れた顔で煮込みを一品頼み、ゆったりとワインを二杯空《あ》ける。煮込みの種類に応じてワインは赤になったり白になったりと、それほどこだわりはなさそうだった。ザワークラウトとベーコンのスープ、照り照りの肉じゃが、豚バラ肉と白菜の重ね鍋、白身魚と冬野菜のトマト煮。他の客と雑談することもなく黙々と平らげていく。

「そういえば」

牛すじピリ辛煮、赤ワイン、と走り書きされた伝票を横目にレジを打ちながら、うっすらと血色の良くなった彼女の顔を覗き見た。

「鳥料理はあまりお好きじゃないんですか？　いつも避けているようなので」

「あ……鳥は食べられないんです」

「ああ、そうなんですね」

アレルギーだろうか。客の中にはそういう人も珍しくない。念のため、オーナーに包丁やまな板、鍋を分けるよう言っておいた方がいいかもしれない。ふっくらとした手のひらにレシートと一緒におつりを返す。今更だけど、ものすごく色白でキメが細かい手だ。感心しつつ顔を上げると、彼女はじっとこちらを見つめていた。

「……私も一つ聞いていいですか？」

「はい、なんでしょう」

「ええと……店員さん」

彼女の目線が私の胸元の辺りをさ迷う。あいにく、名札などは付けていない。

「あ、すみません。乃嶋《のじま》と言います」

「乃嶋さん。あの、ここって乃嶋さんのお店なんですか？」

「いえいえ、まさか。私はただの店番です。えーと、この近くの商店街に、乃嶋精肉店ってあるのご存じですか？」

「はあ」

「そこの店主の乃嶋忠成《ただなり》って人がオーナーで、私の伯父《おじ》なんです。料理も全部その人が作っています」

「……そうなんだ」

「なにか気になることでも？」

「いえ、なんでも……」

うつむきがちに、もぞもぞと噛《か》みつぶされた語尾が消える。

大人なのに、ちょっと子供みたいな人だなあ。なんか圧が弱いっていうか、中途半端っていうか。

そう、確かに思った次の瞬間、無数の羽音が周囲の空気を掻《か》き混ぜ、顔がもふっと温かいものに埋まった。香ばしくて柔らかい、薄いものが幾重《いくえ》にも重なった、羽毛の塊《かたまり》みたいな感触が押し寄せる。まばたきをした。もちろんそんなものはどこにもない。私はいつもと変わらず、真夜中のレジに立っている。そして自分が今なにを考えていたのか、分からなくなった。

「あれ？」

気がつくと、目の前で美人さんが困ったように頬《ほお》を掻いていた。今日もかわいい。

「あ、あの、すみません。ごちそうさまでした」

浅く頭を下げて、彼女は店を出て行った。

「そういえば、最近すごくかわいい人が店にやってくるんですよ」

「やべえ、俺も店に出なきゃ」

「奥さん帰ってきそうですか？」

沈黙が返る。忠成さんはまるで獲物を見つけたと言わんばかりに、湖に向けて目を細めた。とはいえ鏡のように静まりかえった湖面には獲物どころか、さざ波一つ立っていない。

私は散弾銃の弾《たま》を抜いてケースにしまい、ポットに詰めてきたコーヒーを飲んだ。日頃、水鳥がよく集まっている湖に張り込んで早二十分。こんなことなら釣り竿《ざお》も持ってくればよかった。暇《ひま》すぎて眠たくなってきた。

「常連さんずっと心配してますよ。オーナーどうしたの、体でも壊したのって」

「俺は沙彩《さあや》が身内のプライバシーを切り売りするような子じゃないって信じてるよ」

「まさか、言いませんよ。フィリピンパブにドはまりしたせいで奥さんが実家に帰っちゃって、精肉店と二歳児の世話でてんてこ舞いになり、念願叶《かな》ってオープンしたばかりのダイニングバーにまで手が回らなくなりました、なんて身内の恥」

「ちゃんとバイト代渡してるのに」

「まあそれは感謝してますけど」

ばさ、と大きめの羽音に口をつぐむ。近づいてきた水鳥は、あいにく湖には目もくれずに高い空へと飛び去った。

「今日はよかったんですか？　龍貴《たつき》ちゃん」

「うん、今日はうちの実家で見てくれてるから。……鴨《かも》をさー、ローストにしたやつ、去年の誕生日にサプライズで作ったら静子《しずこ》がめちゃくちゃ喜んだんだよなー。今日獲《と》れないかなー」

「そこはお詫《わ》びのアクセサリーとかじゃなくて、鴨なんですか」

「店を出したばかりで金がないんだ」

　そんなお金のない状況下でフィリピンパブにつぎ込んだのだから、静子さんもさぞ腹立たしかったことだろう。盆と正月ぐらいにしか会わない彼女に同情しつつ、湖に目を戻して獲物を探す。すると湖の縁《へり》、三十メートルほど離れた木の枝に山鳩《やまばと》を見つけた。声をひそめて忠成さんに呼びかける。

「鳩がいます」

「え、どこ」

「ほら、あのちょっと出っ張った木の枝」

「……幹の色と被《かぶ》って、見えないなー」

「視力、落ちてきてませんか」

　狩猟免許を取ってまだ一年の私より十年選手の忠成さんの方が遥《はる》かに腕はいいし、どうしても獲物が欲しい日ならなおさら任せたいところなのだけど。あまりもたもたしていると逃げられてしまう。弾を込め直し、銃を構えて狙《ねら》いを付けた。息を止め、手元がぶれないよう肩の力を抜いて引き金を引く。

ぱぁん、と高く乾いた音が響き渡り、鳩の姿が枝から消えた。薬莢《やっきょう》を拾い、急いで木の根元へ向かう。山鳩は羽を少し広げた平べったい姿勢で死んでいた。まだ温かい羽毛の塊を忠成さんに手渡す。

「じゃあ、鳩のローストで頑張ってください」

「いいの？」

「はい」

頷《うなず》き、薄曇りの空を見上げ、私はふと、言葉を足した。

「早く静子さんに機嫌直してもらって、お店に戻ってくださいよ」

「店、大変かい？」

「そうでもないけど。なんか、このままだとずるずる居着いちゃいそうで」

「うちは別に構わないけど」

「でも、だめでしょう。そろそろ私も考えなきゃ。いつまでもこんな身内に甘えたバイト暮らしなんて、続けてらんないですよ」

「沙彩はもう少し力を抜いて生きた方がいいと思うけどなあ」

忠成さんは肩をすくめる。親族でこんなのんきなことを言うのは、忠成さんだけだ。

三年前、誰もが知っている有名な大学を出て、誰もが知っている有名な企業に入った私は、一族の誇りだった。いろんな人から沙彩ちゃんは孝行娘だね、と褒められた。でも私はその会社をたった半年で辞めてしまった。父も、母も、他の人も、表面的には私を気づかっているけれど、言葉の端々に焦りや困惑が見て取れる。早く次のところを探しなさい。辞める前に転職活動をすればよかったのに。履歴書に空白の期間を作っちゃだめだぞ。せっかくいいところに入ったのに、なんでなの。ぎこちない笑顔の奥から、そんな声が聞こえてくる。

一年近く引きこもり同然だった私をバイトとして雇ってくれた上、狩猟の手伝いを口実に外に連れ出してくれた忠成さんには感謝している。だけど忠成さんが作ってくれた生活圏はあくまで仮のものだ。身内向けの、期間限定の、ベタ甘な環境だ。現実はもっと厳しいし、その厳しさを忘れる前に、またあの世界に戻らなければならないと思う。

私は何度か首を振り、次のポイントへ行きましょう、と笑って荷物を担《かつ》ぎ上げた。

平日のお昼の百貨店に来るのは久しぶりだ。

化粧品を見に行きたい、という母に付き合わされたのだ。広告を見て気になった商品があるものの、若者向けのブランドかもしれないと気後《きおく》れしているらしい。

「なんかねえ、シチュエーションに合わせたおすすめのメイクも教えてくれるらしいの。あんた、ちょっとやってみたら？」

「えー、いいよめんどくさい」

私はそれほど自分の外見に関心がないので、メイクはあんまり楽しくない。顔も服も、ある程度清潔に整っていればなんでもいい。忠成さんの店に立つときも、眉《まゆ》を描いてリップスティックを塗るくらいだ。

その店は、一階にずらりと並んだ化粧品コーナーではなく、四階のレディース雑貨コーナーに入っていた。どうやら敏感肌や乾燥肌などの肌トラブルに注力したブランドらしい。木目調の壁紙で、小ぶりの観葉植物があちこちに配置された店内には自然派でカントリーな雰囲気が漂っている。

「いらっしゃいませ」

店員の声に会釈し、入り口近くの商品を漫然と眺める。どこかでアロマを焚《た》いているらしく、爽《さわ》やかな香りが鼻をくすぐった。棚にはスキンケア、ヘアケア、化粧品などの商品がシリーズごとに並べられている。

母はオリーブを使ったスカルプケア商品を見ながら、レジ周りで作業をしていた店員に目配《めくば》せを送った。はい、とすぐに長い髪をポニーテールにした女性店員が駆けつける。店員は白いシャツに黒のパンツ、腰には大小のポケットに小物がたくさん詰め込まれたグリーンのエプロンをつけていた。

「これと、あと広告でメイクのカウンセリングもやってくれるっていうのを見たんだけど、メニューはあるかしら」

「かしこまりました」

女性店員はすぐにA4サイズの薄い黒板を持って戻ってきた。そこには中高生向けポイントメイク、大学生向けチャレンジメイク、新社会人向けさわやかメイク、など様々なメニューが手書きで綴《つづ》られていた。その中に就活向けきっちりメイクという項目を見つけ、ため息をつきたくなる。母のろくでもない意図が見えた。この人はいつもこうなのだ。私の意思とか意見とかを、とても雑に、すっ飛ばしてもいいものとして扱う。

「お母さん、お願いだからそういうのやめてよ。私、やらないからね」

「いいじゃない。どうせタダなんだし。気分が変わるかもしれないわよ」

「別に、気分で言ってるわけじゃ……」

黒板を中途半端な姿勢で掲げたまま、急に諍《いさか》いを始めた私たちを見比べている女性店員の横顔に、見覚えがあった。

「あれ、あなたは……」

「え？　……あ、え、乃嶋さん？」

深夜に現れる美人さんは、垂れ気味の目を丸くしてぽかんと口を開けた。

あなたたち知り合いなの？　と母が意外そうに口を挟む。

「忠成さんのお店に来てくれてる人で」

「あ、そうなの。知り合いなら、気安くてちょうどいいじゃない。もう、お姉さんからも言ってやってよ。この子ったら、ちょっと仕事で躓《つまず》いただけなのにくよくよしちゃって。でもこういうメニューがあるってことは、似たようなお客さんもたくさん来るんでしょう？　だから今日はメイクだけでも――」

「お母さんやめて、私にとってはお客さんなんだよ！」

つい、のどかな百貨店のフロアには不似合いなほど声が高くなった。母は口をつぐむ。はっと我に返り、そろりと美人さんへ顔を向けた。彼女は驚いた様子もなく、真面目な顔でメニューを持って立っている。その、黒板を支える白い手に目が行った。

「……メイクは、いいです。代わりに、手の……ボディ向けのスキンケア商品で、なにか試したりできますか？」

「はい、もちろんです。えっと、じゃあこちらへどうぞ。ボディ用のソープと乳液、あと気になる部分の保湿クリームや、角質除去のローション、ニキビ予防のパウダーなんかもあります。いろいろ種類があるので、気になるものがあったらなんでも言ってくださいね」

「いろいろ、試してみるから。お母さんは先に帰ってて」

「まったくもう」

はあ、と大げさに息を吐き、母は手に持ったスカルプケアシャンプーの会計をして出て行った。

「すみません、騒がしくして」

「いえいえ、そんな……あ、この椅子《いす》に座ってください」

美人さんの胸元には、清水《しみず》と黒字で書かれた金色の従業員バッジが輝いていた。

商品棚の下から出された丸椅子に座り、同じく椅子に座った清水さんと向かい合う。清水さんは奥からぬるま湯を張った洗面器を持ってきて、私の右手をそこに浸《ひた》した。柔らかいスポンジを使って満遍《まんべん》なく皮膚を濡《ぬ》らし、続いて、ハーブの香りがするボディソープを泡立てる。

「古い角質をきれいに取ってくれるから、つるつるになりますよ。リラックス効果のあるハーブが配合されているので、お風呂のあとで眠りに入りやすいんです」

うちの店ではつっかえつっかえなのに、商品の説明をする清水さんの声は水が流れるようになめらかだった。こんもりと泡立てられたソープで、優しく優しく手を洗われる。気持ちよさにぼうっとしていると、清水さんは口の端っこを持ち上げて少し笑った。

「実は、そんなに珍しくないんです。お店で、お連れの方と口論になるお客様」

「え、そうなの？」

「はい。不登校とか、人間関係で躓いたとか、様々な事情で塞《ふさ》ぎ込んでいたり、容姿に悩みがあったり、そういうお子さんの気分転換になったらと連れてこられるお母様は多いので。そんなのいや、いらない、なんてしょっちゅうです」

「なんだかほんと、恥ずかしいところを見られちゃって……」

「いえいえ、そんな」

洗い終えた手に、清水さんは少しずついろんなローションや乳液を垂らして匂いや肌触りを試させてくれた。私はザクロの成分が入った甘酸っぱい香りの乳液が気に入った。それを満遍なく皮膚に伸ばし、最後になめらかなクリームを擦《す》り込まれる。施術の終わった右手は自分の手だと思えないほどすべすべになった。左右の手で明らかに色と肌つやが違う。右手だけほんのり光って見える。

「いいなあ」

「よかった。試供品、いくつか入れておくので、おうちでも使ってみてくださいね」

特に強く勧められたわけでもないのに、私はすっかりザクロの乳液が欲しくなっていた。控えめに見えて清水さんはなかなかのやり手だ。迷った末に一本レジへと運ぶと、ポイントカードを作る代わりに十パーセント引きにしてもらえた。

「またうちの店にも来てください」

乳液と試供品の入った袋を受け取りながら呼びかける。清水さんは眉を下げ、照れくさそうに頷いた。


最近、鳥をよく見かける。店の周りの木の梢《こずえ》に、見慣れない白い小鳥が鈴なりになっている。お隣の月極《つきぎめ》駐車場で、くちばしの長い翡翠色《ひすいいろ》の鳥が跳ねている。閉店後、一人で皿を洗っていると、まるで渡り鳥の群れに飛び込んだみたいに、ばさばさと無数の羽音が店を取り巻いているように感じる。

清水さんが来る日に、多い気がする。

百貨店で顔を合わせてから、清水さんはそれまで以上によく顔を出してくれるようになった。相変わらず、煮込みを一品とワインを二杯。鳥料理は食べない。変わったのは、彼女がテーブルではなくカウンター席に座るようになったことだ。

他の客がいないとき、清水さんはぽつぽつと自分のことを語った。山の近くの、無人駅しかない田舎《いなか》に育ったこと。小さい頃から肌荒れがひどくて、それがコンプレックスだったこと。

「それで、今のお仕事に？」

「そう。上京したら、本当にたくさんのスキンケア商品があることに驚いちゃった。それまでは、困ったときには我慢する以外の選択肢がなかったから。探せば解決する手段があるっていうのは本当にすごいことね。興奮していろいろ試すうちに、この業界にのめり込んだの」

「向いているように見えました」

「ありがとう。私も、けっこう今の仕事は好き。昔の私みたいな、困ってる女の子にたくさん会えるし」

「昔の清水さんは困ってたんですか」

「困ってました。とてもとても」

清水さんは肩をすくめて苦笑いをする。その頬はつるりと輝いて、かつての肌荒れの痕跡は見当たらない。ワインをあおり、彼女は難しい顔をして頬杖《ほおづえ》をついた。

「でもね、難しいんだ。最近、会社がブランド方針をシニア向けに切り替えようとしてて」

「そうなんですか」

「うん。今はやっぱり、高齢のお客様の方がお金持ちだからね。それも分かるんだけど」

眉間《みけん》にしわを寄せたまま、目を閉じる。考え込む彼女の体から、まるで複数の小鳥が集《つど》っているような羽音が聞こえる。カウンター越しに私が近づくたび、まるで潮騒《しおさい》のように羽ばたきが大きくなったり小さくなったりする。これは、一体なんなのだろう。

「……鳥、お好きですか」

「え、鳥？」

「はい、鳥肉じゃなくて、鳥」

「鳥、うん。鳥はすごく好き。私にとって、大切なものなの」

唇の両端をにっと引いて微笑《ほほえ》む顔は、相変わらず愛嬌《あいきょう》があってかわいらしい。

清水さんが来るようになって、彼女目当ての男性客が増えた。常連の酒屋のご隠居も、学習塾の先生も、サンドイッチ屋のスタッフも、今までの三割増しで通ってくれている。おかげで、最近は売り上げがとてもいい。煮込みが売り切れる夜もあるくらいだ。

「最近の中高生は塾に化粧してくるんだ。びっくりだろう？　そんなことばかり気にしてるから成績が上がらないんだっての。だから見つけたら、顔を洗って落としてこいってクラスから追い出すことにしてる。そりゃ、泣くやつもいるよ？　でも学生なんてすっぴんが一番かわいいんだから、ちゃんとそう教えてやらないと。それに若いうちから化粧してると、年を取ってから肌荒れがすごいんだろう？　将来のことまで気づかってやるのも、大人のつとめだと思うんだよね」

教え子の親とのコミュニケーションについてちょくちょく愚痴《ぐち》っていく学習塾の先生が、やけに語尾の上がった声で清水さんに話しかけている。普段から物言いに癖のある人だけど、今日は一段とすごい。清水さんを前にして、いくらか舞い上がっているのかもしれない。思わずグラスを磨く手を止めて様子をうかがうと、清水さんは口角に微笑みをのせたまま、柔らかい動作で頷いた。

「確かにかわいいですよね、制服にすっぴん」

「そうだろう？　口紅なんか塗られてみなよ、ちぐはぐでみっともないったら。またみんな、下手くそでケバい化粧してくるんだ」

おそらく清水さんがコスメショップに勤めていると誰かから聞いたのだろう。先生は酔っ払ったまま、自分がいかに生徒思いの教師であるかを気持ちよさそうに語り続け、清水さんはにこやかに相づちを打ち続ける。そんな独りよがりなおせっかいはやめなよ、と口を出したくなり、私はグラスを磨くのをやめてその場を離れた。すぐに新しい注文が入り、不快な会話が頭から消える。毎日毎日、いろんなお客が来るのだから、カウンター越しの会話なんて気にしていたらキリがない。

だから、レジでの会計の際に声をかけられるまで、二人の会話のことは忘れていた。

「え？」

「いえ、だから……すみません。乃嶋さんがいやそうなのは分かってたんですけど……私も、ああいうのは問題だと思ってます」

なんのこと、と聞きかけて、ようやくそれが先ほどの、学生の化粧に関する会話を指しているのだと気づく。

「え……えー、なんていうか、そんな、私のことなんか気にしないでください」

「でも」

「お客さんたちに楽しく過ごして頂くのが一番なので、私がどう思ったかはあまり関係ないというか……」

むしろ、と目の前で困ったように眉をひそめている清水さんを見て思う。むしろ、清水さんはいやじゃなかったのだろうか。あの場ではなめらかに先生に相づちを打ち、今は私の心情に添おうとしている彼女は、本当はどう感じているのだろう。

この人、外面《そとづら》を作りすぎてる感じで、なにを考えてるのかよく分かんないな。

ぼんやりと思う。ばさばさ、と近くで鳥の羽音がする。ばさばさ、ばさばさ。囲まれて、温かい風に流される。

「気をつかって頂いてすみません」

いつのまにか、そんな言葉が口からこぼれ出ていた。そうだ、清水さんはいつも周囲に気を配っていて、なんていい子なんだろう。清水さんはかわいい。清水さんは人気者で、誰にもきらわれない。彼女がいるだけで店全体が、大きな鳥の羽に抱え込まれたみたいな非現実的な幸福感に満たされる。でも、誰にもきらわれることを言わない清水さんは、もしかしたらこの温かい巣のような空間に囚《とら》われたまま、どこにも行けないのかもしれない。

ひと月が経《た》って、ふた月が経って、私は清水さんがカウンターでこぼす悩みがループしていることに気づいた。自分が大切に思うことと、会社の方針が合わない。だけど具体的になにかしようとか、そういう気にはならないらしい。

「エリアマネージャーや、本部にかけ合ってみるとか」

「いやいやいや、そんなことして、こいつは会社のコンセプトを理解してない、なーんて目を付けられたら大変だよ！　うーん、開発部の言ってることも分かるし、まあ間違ってはいないんだよね」

そんなふうに自分で自分を納得させるようなことを言って、二日後には「あのラインナップ、喜んでる子けっこう多かったのになあ」とぼやく。ぼやく、けれど、それ以上のことはしない。誰かとぶつかることをするりと避けていく。清水さんは悩むことはあっても、困ることは絶対にない。彼女の周りにはいつだって、密《ひそ》やかな鳥の羽音が漂っている。

年明けに、二、三十代のハンターが十人ほど集まって狩りに出かける交流会があった。猪《いのしし》が一頭獲れたこともあって会は大いに盛り上がり、私も運良く鴨を仕留《しと》めることができた。午後はメンバーの家の駐車場を借りてそれぞれの獲物を解体し、切り出した肉と持ち寄った野菜でバーベキューをした。車で来た人が多いため、乾杯はノンアルコールビールだったものの、アットホームないい会だった。

帰りにはいろいろなお肉を分けてもらい、私は上機嫌で会を後にした。こういう普段の生活ではまったく接点のない人たちの集まりは気楽でいい。就活とか、家族との軋轢《あつれき》とか、答えの出ない悩み事とか、すべてを横に置いて楽しむことができる。

母親の軽自動車を運転して帰る途中、そういえば忠成さんはあの後、静子さんに鴨を食べさせる機会はあったのだろうか、と気になった。今日は私がバイトに入れない代わりに、龍貴ちゃんを実家に預けて久しぶりに自ら店に出ているはずだ。せっかくだし、お裾分けしようかな、と看板に明かりが入った店の前に車を停める。

保冷ボックスから鴨肉を取り出し、運転席のドアを開けたタイミングで、乃嶋さん？と横から声がかかった。顔を向けると、勤め帰りらしい清水さんがコートの襟《えり》を寒そうに搔き合わせて立っていた。

「こんばんは。今日も来てくれたんですね」

「うん、寒いから。おすすめの煮込みでも食べようと思って。ただ、今日は遅いんですね。これから支度ですか？」

「あ、違うんです。今日はオーナーが珍しく店に出てて、私は休みをもらってます。そうだ、もし自炊をされるようでしたら、なにかお裾分けしましょうか。鳥肉じゃなくても、猪とか鹿とか、食べやすく薄切りにしたのがありますよ。実は趣味の狩りの会……というか、鳥撃ちに出かけた帰りで」

鳥撃ち、と口にした瞬間、突風が吹いた。正確には清水さんの体から猛烈な風が巻き起こり、私から遠ざかる方角へ、ばさばささっ、とものすごい羽音を立ててなにかが逃げて行った。なにも見えなかったし、なにもいなかった。それなのに風に巻かれた清水さんの長い髪はくしゃくしゃに乱れ、強い力で引っぱられたみたいにコートの襟が肩からずり落ちていた。

「……あれ？」

前髪がめくれて白いおでこが剝《む》き出しになった清水さんは、ぱたぱたと自分の体のあちこちを叩《たた》き、いない、と小さな声で呟《つぶや》いた。

「なにがいないんですか？」

「いえ、あれ……」

「鳥、いなくなっちゃいました？」

当てずっぽうで言ってみると、清水さんは子供のような隙《すき》の多い顔でこちらを振り返った。

「分かるの？」

「近くの茂みに雉子《きじ》や鴨が隠れているときって、分かるんです。そわっとするっていうか。そんな感じの気配が、あなたからしていたので」

「ああ」

コートの襟を直し、髪を手ぐしで整えて、社会人の顔に戻った清水さんはうつむきがちに苦く笑った。

「出直しますね。乃嶋さんが店番の日に、また来ます」

「分かりました」

「おやすみなさい」

ブーツのかかとを鳴らして遠ざかる後ろ姿を見送り、私は店の裏口に回った。


二日後、早い時間に清水さんは顔を出した。いつも通り、髪はきちんとセットされ、夕方なのに澄んだ肌は微塵《みじん》も化粧が崩れていない。彼女はもはや定位置のようになっているカウンターの一番奥のスツールに腰を下ろした。

「今日はなんにしましょう」

「とりあえず白ワインで。煮込みは後で考えます」

「はい」

グラスを運ぶと清水さんはワインを一口飲み、さざ波の立つ水面に目を落とした。長い沈黙だった。骨だの殻だのを取り除かなければ食べられない料理を前に、どこから手を付けようか迷っている人みたいだった。魚介類がたくさん入ったブイヤベースを思い出す。そういえば前に出したとき、清水さんもおいしそうに食べていた。

清水さんはもう一口ワインを飲んだ。私を見上げ、うまい言い方を諦《あきら》めたみたいに口を歪《ゆが》めて笑う。

「私が鳥に会ったのは、中学二年生のときでした」

そして、ゆっくりと話し始めた。


中学二年生は、清水さんにとって一番辛《つら》い時期だったらしい。

幼少期から清水さんは、自分がどうやら周囲の子供たちよりも考えたりしゃべったりする速度が遅いことは感じていたという。小学校時代、金曜日の五限に設けられたクラス内の問題を話し合うロングホームルームの時間はずっと黙っていた。一年生から六年生までの六年間、自分から手を挙げて発言をしたことは一度もない。先生に当てられたときには直前にしゃべっていた他の生徒の名前を挙げて、〇〇さんと同じ意見です、とかわした。名前を挙げられた生徒はたいていうれしそうに小鼻をふくらませていたし、先生も議論に方向性を付けたいものだから頷くだけで特になにも言わなかった。清水さんは、おっとりした目立たない女の子として、うまく集団に溶け込むことができていた。

廊下を走る生徒を止めようとする生徒は、つかまえるために走ってもいいのか。仲間外れはよくないけど、きらいな人ができたときにはどうすればいいのか。活発に交わされる議論は、幼い清水さんにはものすごい速度で石を投げ合っているように見えた。どうしてみんな、そんなに早く答えを選ぶことができるんだろう。そしてそれを、自信を持って他の人に投げつけることができるんだろう。いつもいつも、ぴっと凛々《りり》しく手を挙げて意見を述べる生徒たちを、水族館の水槽のガラスの向こう側で回游《かいゆう》する鮫《さめ》を見るような心地で眺めていた。

しかし中学に入って、突然そのガラスは消失した。いつしか学校では個性と一貫性があることがよしとされ、生徒それぞれに意見が求められるようになった。そしてクラスには周囲を見回して強い弱いを勝手に判定し、それに応じて態度を変える賢いやり方を習得した生徒が現れ始めた。

きっかけは中学一年のとき、運動部の女子が多く集まったグループと、お洒落《しゃれ》で気の強い女子が集まったグループというクラスで声の大きい二つの女子勢力が、体育祭の役割分担に不公平があったとかで喧嘩《けんか》になったことだったらしい。クラスの他の女子はあえて意見を表明しないまま、どちらかのグループに立場を寄せて矢面《やおもて》に立つのを避けていた。だけど清水さんは、うまく言葉を濁して身を守ることができなかった。

「どっちでもあんまり変わらないし、時間もないから早く決めた方がいいと思います……」

言い争いが長く続いたホームルームの最中、試しに、という感じで教師から意見を求められ、頭に浮かんだことをそのまま口にした瞬間、教室の空気が凍るのが分かった。

ばっと勢いよく、複数の女子が手を挙げた。

「そんなこと言うなら、清水さんにやってもらいたいです」

「今までなんにもやってこなかった人に、いきなりそんな上から目線で言われても」

「あ、城田《しろた》さん泣いてる」

「頑張ってたもんね」

「謝った方がいいよ」

「清水さん謝って！」

急に周囲の酸素がなくなったみたいな息苦しさに襲われ、清水さんは胸を押さえて席に着いた。体育祭委員として、いろんな人の板挟みになっていた城田さんを泣かせてしまった。けど、今でも清水さんは、なんで自分が悪者になったのかよく分からない。それからはなるべく目立たないよう、なるべく意見を求められないよう神経をすり減らして毎日を過ごした。それでもふとした折に口をついて出た一言が周囲のリズムを狂わせていると感じるたび、心が冷える思いがした。


春が来て、新しい学年に上がっても、清水さんはクラスメイトから距離を取っていた。

必要なとき以外は、誰にも話しかけない。お弁当も、本に熱中しているフリをしながら、自分の机で一人で食べた。

みんなが自分を、自分勝手な冷たい子だと思っている。ずっと一人で過ごすうちに、清水さんは本当はそうなのかもしれない、と思い始めた。自分は性格も頭も悪くて、人をしょっちゅう踏みつけて、そんな汚さを見透かされているから、きらわれるのかもしれない。

学校にいるのが辛く、中学一年のときに入った吹奏楽部も次第に休みがちになった。自宅はクリーニング屋を営んでいて、あまり早い時間に帰ると手伝わされるし、店番中におつかいで来たクラスメイトとうっかり顔を合わせかねない。だから授業が終わったら真っ先に教室を出て、ひと気のない河川敷で夕飯まで時間を潰すことが増えた。

幅広で浅い、大きな川だった。橋から水底《みなそこ》が見下ろせるくらいに透明度が高く、魚がたくさんいるせいか様々な鳥が川の周囲で羽を休めていた。晴れた日には、川面《かわも》は日差しを受けて銀色に輝いた。ゆるゆると遠ざかる水の流れを見てぼうっとしていると、清水さんはとても安心した。

春が過ぎて、夏が終わった。夏休みの間も清水さんはほぼ毎日、家と川を往復していた。他に行くところがなかった。橋の下の日陰で宿題をした。それに飽きたら、家から持ってきたトランペットを吹いた。ぷうぷう鳴らしていても、よく見かける鳥たちは逃げない。むしろ音に慣れてきたのか、「ああ、またこいつか」と親しんでくれている感じがした。それがなんだかうれしかった。

秋の初めに、渡り鳥の群れがやってきた。鳥たちは川の中州の大きな木をねぐらに決めたらしく、不思議な、意志を感じる規則的な動きで空を渡り、夕方になると一斉に帰ってきた。川の流れを見るのと同じくらい、彼らの動きは清水さんにとって心地よかった。ぷう、とトランペットを吹き、あとは延々、鳥たちが空に描く紋様を眺めていた。

秋はゆっくりと流れていった。また体育祭の季節がやってきたけれど、清水さんにはどうでもよかった。気温が下がれば制服の上にマフラーを巻き、コートを羽織って、枯れ草の色が増していく川辺に足を延ばした。

なんで自分は、クラスでいつのまにか交わされている約束事や、守った方がいいルールを、他の人みたいに読み取ることができないんだろう。なにも考えずに流れていく川や、複雑な言語を持たない鳥たちの方が、クラスメイトよりもよっぽど自分に近い気がする。木の周りを飛び交う鳥の群れを見ながら、清水さんは少し泣いた。そしてふいに、鳥たちがいつもとは違う角度で空へ飛び立つのを見た。

ずっと眺め続けていたせいだろうか。まるで見えない糸でつながっているみたいに、不思議と清水さんは彼らがどこに行くのか分かった。この土地よりもさらに南へ、温かい水のある場所へ渡ろうとしているのだ。

「行かないで！」

頭が真っ白になり、ただ夢中で叫んだ。次の瞬間、鳥の群れがぶるりと震えた。彼らは大きく空を旋回し、激流のように清水さんの体に飛び込んだ。

「翌日から、いろいろなことが変わりました。教室にいても、ぜんぜんさみしくなくなった。それまで分からなかったクラス内の流れみたいなものも見えるようになって、私をのけものにしていた人たちが、仲間扱いしてくれるようになったんです。どうしたら好かれるのか、どうしたらきらわれないのか、なんとなく分かる。それ以来、私は人付き合いで困ったことはありません。どこにいても、そこを自分の群れにできる」

「……いいなあー」

素直に思った。それはものすごく便利な力だ。清水さんは眉をひそめ、苦々しく笑った。

「私も、このあいだ乃嶋さんに追い払われるまで、そう思ってました」

「ん？」

「あのあと鳥たちが戻ってくるまでの間、私は本当に久しぶりに、一人で考え事をしていたんです」

清水さんは黒板に書かれた今日のメニューに目を向けた。

「今日は、鶏肉とセリのさっぱり煮でお願いします」

「……いいの？」

「はい」

「鳥、怒らない？」

「怒りますねえ。この子たちがいやがるので、私はあの日から一口も鳥肉を食べていません」

「困るでしょう、いなくなったら」

「うん、本当に助けてもらいました。……でも、もう終わり」

言って、清水さんは深呼吸をした。深く吸って、長く息を吐く。

「きらわれることが一番怖かったけど、今は、自分のことを自分で決められなくなることの方がずっと怖い。本当にそう、思います」

鶏肉とセリのさっぱり煮は、うちの看板メニューの一つだ。メインの二つの食材の他に細切りにした牛蒡《ごぼう》を加え、薄味に仕上げてお酢とごま油で風味を付ける。どの具も歯ごたえがいいので、わしわしといくらでも食べられてしまう。

彼女が神妙な面持《おもも》ちでさっぱり煮を食べる間、店にはいろいろな客が訪れ、いろいろな料理と酒を味わい、いろいろな話をして去って行った。皿を空にした後も、清水さんはカウンターの隅でいつもなら二杯でやめるワインを黙々と飲み続けた。そして看板の明かりを落とす頃には、七杯のワインを飲み干していた。

「大丈夫ですか?」

他の客を送り出し、泥酔してカウンターに突っ伏している彼女に声をかける。いつもちゃんとしていた清水さんの、こんな姿を見るのは初めてだ。真っ赤になった顔を浮かせ、清水さんはかすかに頷いた。

「……お、お勘定……」

「清水さんって、実はちょっとだめな人ですよね」

「……う」

「親近感が湧きます」

私は足元のおぼつかない清水さんを店の二階に運んだ。二階には食材などを保管する部屋と、私や忠成さんが帰るのが面倒になったときに使っている六畳間がある。清水さんに水を飲ませ、服の襟を広げて布団《ふとん》に横たえた。私も適当な座布団を二つに折って枕にして、彼女のそばに寝転がる。

すみません、と小さな声がした。私は首を振った。

「ずっと頼ってきたものを捨てるのは怖いでしょう。仕方ないですよ。たぶんそんな日のためにお酒とかおいしい食べものとか、こういうお店はあるんです」

清水さんは、なにも言わずに目を閉じた。私はカーテンの隙間から差し込む月明かりで、ぼんやりと白《しら》んだ天井を見上げる。

「私ね、子供の頃から勉強も運動も人よりできたし、クラスでもずっと声の大きなグループにいたし、それが当たり前だったんだ。もしも中高の頃に同じクラスになっていたら、きっとあなたを馬鹿にして、仲良くならなかったと思う」

返事はない。もう眠っているのかもしれない。私は独《ひと》り言《ごと》を続けた。

「だから、そんな自分が、会社になじめなかったときには驚いちゃった。いやなことばっかりで、こうすれば生き残れるって道筋がぜんぜん見つからなかった。だけど、ただ辞めるのは負けたみたいで恥ずかしくて、体を壊したって理由を作ってやっと辞められたの。辞めたあとも、自分が絶対に出ちゃいけないグループから仲間外れになったみたいで怖かったし、かといってなにも分からないまま、また会社勤めに戻るのも怖かった」

どこかから鳥の羽音が聞こえる。遠く、近く、潮騒のように私たちを包んでいる。

「私なら捨てられない。だから、鳥を捨てる清水さんのことを、すごいって思うよ」

「……明日の私が、どんな風になるか分からない。どんくさくて、乃嶋さんをいらいらさせるかも」

ずいぶん静かだったけれど、ちゃんと聞いてくれていたらしい。私は少し考えて、言った。

「私にきらわれたって、たいしたことじゃないよ」

「それはちょっと……やだなあ」

小さく笑って、清水さんはまた口を閉じた。今度こそ眠ることにしたのだろう。

私も、短く眠っていたらしい。

ばさばさ、と大きな羽音が耳のすぐ近くで響き渡った。

目を開ける。周囲は青暗い。まだ夜だ。清水さんは寝息を立てているし、目に見える異変はなにもない。それなのに、やけに近くからたくさんの気配を感じる。

月明かりが照らす壁の一角に、無数の鳥の影が映っていた。鳥たちは清水さんから抜け出して、ゆっくりと天井付近を旋回している。青い影がちらちらと揺れ、羽にかき混ぜられた空気が震えていた。

それは、決していやなものではなかった。大きな風とか川とかに似た、ただの力の流れだった。好きなら近寄ればいいし、いやなら遠ざかればいい。それくらいのものに見えた。私や清水さんを拒んだものも、本当はそんなものだったのかもしれない。

ふと、寝っ転がったまま両手を散弾銃を持つかたちに構えた。脇を締め、頭を真っ直ぐにして、そっと右手の人差し指を曲げる。

なにもないはずなのに、確かに引き金の感触があった。

ぱぁん！ と大きな音が鳴り響き、鳥たちは弾《はじ》かれたように飛び去った。天井をすり抜け、夜空を掻いて去って行く。また別の、温かい水が湧く居心地のいい場所へと渡っていくのだろう。遠ざかる羽音に耳を傾け、また眠った。

朝方に体を起こした清水さんは、やけに厚ぼったくむくんだ顔をしていた。接客どうしよう、と鏡を覗いて落ち込む背中に声をかける。

「シャワー浴びます？　血行が良くなって、いくらかましかも」

「重ね重ねすみません……」

近所のコンビニで下着を買い、シャワーを浴びた後、清水さんは髪を乾かして出勤の支度を始めた。乳液や下地クリームは私のものを貸した。メイク後の顔はいつもとどこか違う気がしたけれど、それは鳥がいなくなったせいなのか、別の理由なのかは分からなかった。

店の入り口まで見送りに出ると、多少シャツにはしわが寄っているものの、ちゃんと社会人の顔をした清水さんが緊張した様子で振り返った。

「私、なにか変わりました？」

聞かれて、頭から爪先《つまさき》まで真面目に点検する。

「よく分かんない。なにか違う気がするけど、うまく言えない」

「そうですか……」

「でも、割と好きな感じ」

清水さんはへへ、と喉《のど》で笑って店の玄関から出て行った。そしてほんの二分後に、お勘定を忘れてました、と恥ずかしそうな顔で戻ってきた。


それからも、清水さんは変わらない頻度で店にやってきた。最近は、職場で様々なキャンペーンやイベントを行って中高生のお客を増やし、売り上げを伸ばすことで若者向けの商品を外さないよう上司に訴えているらしい。

「まあ、だめならだめで、なにか別に考えます」

チキンのトマト煮をつつきながらそうさっぱりと口にする彼女は、確かになにかが変わったようだった。端的に言うと、あまりモテなくなった。いろんな男性客を周囲に引き寄せていた生温かい空気がどこかに消え、気がつくと清水さん自身、それほど美人という感じではなくなっていた。ただ、最後まで離れなかった学習塾の先生に割と本気でアプローチをされて、お断りしたらしい。

あんなにモテていたのに、「真剣に告白されたのは初めてだった」と清水さんは苦笑いをする。

「誰にもきらわれないっていうのは、誰にも選ばれないってことに似てるんですかね」

「個性がないってことなんじゃない？　あの先生、支配するのが好きっていうか、人の面倒をみたいタイプの人だから、前の清水さんより、今のちょっと抜けてる清水さんの方が好みなんだと思うよ」

「もったいないことしたかなあ」

「あ、そういうのいやじゃないんだ。ならなんでお断りしたの？」

「うーん。……笑いません？」

「え、なに。笑わないよ」

閉店間際、グラスに残っていた二杯目のワインをくっと飲み干し、清水さんは肩をすくめた。

「ずっとぴんとこなかったんですよね、恋とか。まあ鳥もいたし、そっちに気を取られていたからかもしれないんですけど。でも、このお店に来て乃嶋さんを初めて見たとき、鳥たちがざわざわざわ！　って震えたんです」

「……それは、彼らが私を本能で怖がっていたからではなくて？」

「ですよねえ。でも、初めはそうだって分からなかったから。なんで乃嶋さんに会うたびに、こんなにざわざわどきどきするんだろう、恋か、これがもしかして恋なのかって……最近まで思い込んでたの」

「え、私に？」

清水さんはとても楽しそうに、くくく、と喉を鳴らして笑った。

また来ます、とほろ酔いの上機嫌で帰っていく清水さんを見送り、私は看板の明かりを消した。

今日もいろいろなお客さんが来た。いつも子供連れでやってくる夫婦が珍しく二人きりで、お洒落をして、恋人のような雰囲気でワインを飲んでいた。大学生らしい男性の三人組がカウンターでちょっと格好をつけながらウイスキーグラスを傾け、単位が危ないことについて話し合っていた。酒屋のご隠居は、最近なじみの不動産会社から節税対策にとマンション購入を持ちかけられ、頭を痛めているらしい。そして、清水さんの馬鹿馬鹿しい告白。思わず口元がゆるむのを感じつつ、本日の売り上げを集計した。冷蔵庫の中身や飲料の在庫を確認し、報告のため、忠成さんの携帯に電話をかける。

「もしもしーい……」

電話口の忠成さんは龍貴ちゃんの寝室の近くにいるのか、内緒話をするようなひそめた声で返事をした。つられて私も、声を小さくする。会話が進むにつれ、寝室から遠ざかっているらしく、だんだん忠成さんの声は普段の音量に戻っていった。

「了解です、お疲れさま。じゃあ、明日もよろしくね。四時に酒屋の配達があるから受け取っておいて。他に、気になることはある？」

そのとき、ふっと背中を押すなにかの力を感じた。考えるよりも先に口が動いた。

「忠成さん、今度相談に乗って欲しいんだけど」

「ん？」

「自分のお店って、どうやったら持てるんだろう」

風が吹いている。川のような、鳥の大群のような、私を別の場所に押し出す見えない流れがやってきている。

忠成さんの声に耳を傾けながら、店の照明を落とした。静まりかえった真っ暗なフロアを見回す。

なにもかもが流れていく。清水さんや他のお客さんも、いつかこの店を去るだろう。明日の私も、今日の私とは少し違う。深呼吸をして、二階に上がった。

かなしい食べもの

四月なのに、メリーゴーランドから流れてくるのはクリスマスの曲だった。曲名は分からないけれど、淡々としたオルゴールの音色からでも「メリークリスマス、アンド、ア、ハッピーニューイヤー」という有名なサビの歌詞が思い浮かぶ。誰の曲だっただろう。いろんな歌手がカバーしているせいか、元の声がよく思い出せない。

沈黙を繕《つくろ》うようにカップを持ち上げ、さほど熱くもないコーヒーに息を吹きかけた。金の鞍《くら》をつけた白馬も、鼻先の塗装が剝《は》げた栗毛《くりげ》馬も、赤い王冠に似たメリーゴーランドの屋根も、周囲の木立《こだち》も、なにもかもが白い霧雨《きりさめ》に包まれている。濡《ぬ》れていないのはパラソルに守られたテラス席に座る俺たちだけだ。

カフェに入った際、雨だから、と灯《あかり》を店内の席へ誘った。彼女は少し考えて首を振り、「メリーゴーランドが真横にあるカフェなんて初めてだから」とウッドデッキのテラス席を指差した。雨で陰った店内に客の姿はほとんどなく、常連らしいくつろいだ様子の老婦人が奥の席でぽつりと一人、ブックカバーをかけた文庫本を開いていた。

　ぬるんだコーヒーで舌を湿らせ、乳白色のカーテンにくるまれた木馬たちに目を向けたまま、俺は懸命に次の話題を探した。今日のデートは散々だった。少し遠くまでドライブしよう、という趣旨だったものの、高速道路は補修工事で渋滞していて、行くつもりだったガラス工芸美術館は臨時休業、慌ててカーナビで見つけ出したアミューズメントパークの駐車場に車を停めたところで雨が降り出し、しかも観光の目玉であるハーブ園は植え替えのために閉園していた。結局今日は、朝から一緒にいるというのに、灯を狭い助手席に押し込んで連れ回すことしかしていない。

　アミューズメントパークといってもこぢんまりとしたもので、ハーブ園と、今は季節外れで同じく閉じている薔薇園《ばらえん》、地場野菜の直売所と、子供用に付け足したと思われる申し訳程度のメリーゴーランドしかない。コーヒーを飲み終えたらどうすればいいのだろう。こんなになんの収穫もないまま、彼女を帰してしまっていいものだろうか。それとも、多少無理をしてでも、もう一箇所ぐらいどこか遊ぶ場所を探すか。車に乗り続けて、疲れてはいないだろうか。言葉に迷ううちに、口元がなんだか硬く、動かしにくくなる。丸テーブルを挟んだ向かい側に座る灯の横顔をうかがうと、彼女はココアが半分ほど残ったカップを両手で包み、椅子《いす》に背中を預けた柔らかい姿勢でメリーゴーランドを見つめていた。

唇が、わずかにほころんでいる。

彼女の視線につられるかたちで霧雨の向こう側の木馬たちへ目を戻した。ちょうど、親子連れが立ち寄るところだった。係の男に三百円を渡し、父親がまだ小学校に上がる前くらいの娘を白馬へ乗せる。赤い傘を差した母親は、大根の葉が飛び出たビニール袋を手にさげて装置のそばで待っていた。野菜を買いに来たのだろう。電飾が輝きを強め、「メリークリスマス、アンド、ア、ハッピーニューイヤー」のメロディに乗って夢の馬たちがギャロップを始める。娘は真剣な面持《おもも》ちで木馬の首を抱き、そばの馬車に腰を下ろした父親が楽しげにその横顔を見つめている。回転を速める赤い王冠から、蜜色《みついろ》の光があふれ出す。

「メリーゴーランド、好きなんです」

雨音に似た静かな声で灯が呟《つぶや》く。会話の糸口に感謝しつつ相づちを打った。

「このあと、乗ろうか。ちょっと照れくさいけど」

「いえ、ああいう賑《にぎ》やかなものを、ぼうっと見てるのが好きで。自分が乗るのは、落ち着かない」

そういうものだろうか、と首を傾《かし》げ、なんだかさみしい話だなと思う。

灯は楽しそうにメリーゴーランドを見ている。コーヒーもココアもすっかり冷めてしまったけれど、周囲の空気は薄手の毛布のように心地よい。こんな沈黙もあるのか、と胸で呟き、灯の横顔を見直した。美人か、と言われるとよく分からない。目は大きいが、厚ぼったい一重の垂《た》れ目で、鼻の形も丸い。全体的に痩《や》せ形で、茶色く染めた髪をショートのボブにしていて、どこか中性的な印象も受ける。化粧も薄い。今まで目で追ってきたのが髪が長くて肉付きの良い、華やかな女性ばかりだったことを思えば、いわゆる自分の好みとは正反対のタイプだ。けれどココアを飲む瞬間、うつむいた彼女の頰《ほお》に浮かぶ、なんとも言えないのどかな雰囲気は好きかもしれない。長い長い細道を一人で歩いてきて、山を越えて川を渡り、ようやく尋ね人に会えたような、手のひらにすとんと星が落ちてきたような、そんな幸福な予感に冷えた指先が熱くなっていく。

出会いは流行《はや》りの料理合コンだった。料理は俺にとって仕事の緊張をほぐしてくれる趣味みたいなもので、合コンにも気楽に参加できた。包丁の入れ方が分からない、と魚の下処理に困っていた灯を手伝ったことで親しくなり、一度仕事上がりに待ち合わせて夕飯を食べ、二度レイトショーの映画を観に行った。この四度目のデートで、俺は自分がゆっくりと、メリーゴーランドが回るのと同じ速度で灯に惹《ひ》かれていくのを感じた。

聖夜をたたえるメロディが尻つぼみになり、回転を弱めた馬たちはただの濡れた木製品に戻っていく。夢から醒《さ》めたようにココアを飲む彼女を見るうちに、硬くなっていた唇からほろりと言葉がこぼれ出た。

「帰りに、ドーナッツを、買わないか」

「ドーナッツ?」

「そう。ほら、初めに会ったとき、自己紹介シートに書いてあっただろう。パンが好きですって。少し遠回りになるけど、近くにおからを使ったドーナッツがおいしい店があるって、テレビでやってたのを思い出したんだ。カーナビで店名を検索すれば出てくると思う」

「パン……ああ、そうか。覚えていてくれたんですね」

少し照れくさそうに眉《まゆ》を下げた灯が、飲み干したカップを置く。なるべくさりげなくその手をとって、席を立った。初めて触れた彼女の手は冷たく、陶器のようにすべすべしていた。


それから五ヶ月後、近しい付き合いを続けた俺たちは、灯のアパートの契約更新をきっかけに新しい部屋を借りて同居を始めた。ダイニングキッチンに八畳の和室と六畳の洋間がついた賃貸マンションの四階の部屋で、家賃があまり高くない上、ベランダから多摩川《たまがわ》沿いの桜並木が見えた。春になったら外に出ずとも花見ができるという不動産屋の言葉が最後の一押しとなり、この部屋に決めた。

「透《とおる》くん、ちょっといい？」

山積みの段ボールを潰《つぶ》し終えた晩、お互いの健闘をたたえてビールやワインで酒盛りをしている最中に、灯が通勤鞄《かばん》から一枚の紙を取り出した。ろれつの回らない様子で続ける。

「透くん、私ね、一つお願いがあるんだ。他にわがままは言わないから、これだけ叶《かな》えて欲しいの」

「大げさだな。なんでしょう」

「これを、たまにでいいから、作ってくれないかな」

差し出されたのはパンのレシピだった。手書きで、ノートをコピーしたものなのか、字の背後に薄い罫線《けいせん》が入っている。タイトルは「枝豆チーズパン」。それほど手順は難しそうではない。引っ越しの際に灯が持参したホームベーカリーに強力粉や卵などの材料を放り込んで一次発酵させ、冷凍枝豆を混ぜて小分けにし、二次発酵のためにしばらく放置。最後にチーズをまぶしてオーブンレンジで焼けばできるのだという。もともと、手先の器用さには自信がある。

「いいよ、作ろうか」

「うれしい」

「酒のつまみみたいなパンが好きだね」

「子供の頃によく食べてたから、このパンがあると落ちつくの」

母の味というやつなのだろうか。でも確かに、常食にするならあんパンなどの甘いパンより、このくらい塩気があってあっさりしたものの方がいいのかもしれない。なにかを作って欲しいなんて子供じみた願いが妙にくすぐったく、俺はゆるむ頬の内側を嚙《か》みながら二つ折りにしたレシピを台所の引き出しにしまった。背後に、少し弾《はず》んだ声がかかる。

「代わりに、透くんも私になにかお願いしていいよ」

「ええ？　俺はいいよ」

「どんな馬鹿馬鹿しいことでもいいから」

馬鹿馬鹿しいこと？　なかなか思い浮かばず、まだ生活の匂いが染《し》みていない部屋を見回した。組み立てたばかりの本棚に、背表紙の高さをそろえて並べた本が行儀よく収まっている。本棚は三段で、上段には二人が持ち寄った漫画本、中段には俺が好んで収集しているミステリー小説の単行本、下段には灯が定期購読している生活情報雑誌が詰め込まれている。色とりどりの背表紙をしばし眺める。

「月に一度くらいは、休みの日に、一緒に図書館に行かないか」

しゃべらずに彼女と一緒にいるのが好きだ。けれどそれを直接言うのは照れくさくて、そう言った。灯は目を丸め、そんなことでいいの？　という顔をしてから頷《うなず》いた。

形のあるものを作りたい。それは、学生時代から俺の体を流れる一筋の川のような衝動だった。決して目立つ水量ではない。特に目標としている建築家がいるわけでも、なにか憧《あこが》れを決定づける鮮烈なエピソードがあるわけでもない。ただ、形のあるものへの漠然とした好意は、なんらかの選択を迫られるたび「これがやりたい」「こっちの方が楽しい気がする」と俺の耳元で囁《ささや》きかけ、選ぶべき道を教えてくれた。学生時代の文化祭ではいつも裏方で、お化け屋敷の骨組みや演劇で使う段ボールの張りぼてを作る係に進んで手を挙げた。それまでこの世になかったものが形をもち、立ち上がる。そうすると、周りに人の輪ができる。「高嶋《たかしま》くん器用だね」「ああ、なんかお城の壁っぽい」「卒塔婆《そとば》の色、もっと茶色い方がいいかな」。そんな体験を繰り返すうちに、いつしか大きなものを造りたいと望むようになった。大きければ大きいほどいい。

大学の工学部を卒業し、縁があって入社が決まったのは昇降機を主に取り扱う会社だった。昇降機といっても幅広く、エレベーター、イベントホールの舞台床や吊《つ》り物設備、家庭用の介護リフトなど、物をのせて上がったり下がったりするものならなんでも造る。

設計部に配属され、最初に携わったのは六階建てマンションのエレベーターだった。先輩にしごかれながら修正を重ねた図面が立体としてこの世に現れた日はうれしくて、用事もないのに完成したばかりのマンションの周囲を何度もうろつき、住民がエントランスをくぐっていく後ろ姿を眺めた。それから駅や病院、老人介護施設、もちろん普通のマンションでも、あらゆるエレベーターの図面を引き続けた。

初めて「でかい」と思う建造物に携わったのは三十歳のときで、渋谷《しぶや》の一等地に建設される大きな演劇ホールの舞台床だった。役者や小道具を持ち上げる小さな昇降機、いわゆる「迫《せ》り」を造って欲しいという注文だ。劇中に使用されることを考慮して普通のエレベーターよりも稼働音を小さくしたり、停止精度をあげたりと慣れない要求に苦労もしたが、無事完成し、関係者の一人としてホールの竣工式《しゅんこうしき》に立ち会ったときには自分の体がホールの大きさにまでふくらんだような幸福を感じた。建物の外殻《がいかく》、人間でいう骨や肉を造るのが建築会社だとしたら、自分たちのような設備系の会社が造っているのはいわば内臓器官だ。すべてが合わさって、一つの機能を持つ巨大な生き物として完成する。

「あのホールの仕事をしたんだ。ほら今、『椿姫《つばきひめ》』の劇が上演されてるとこ」

劇の題目をそのとき上演しているものに変えるだけで、実家の親にも、久しぶりに会った高校の同級生にも、合コン相手にも、「ああ」と頷いてもらえる。「すごい」と褒められることもある。自分がどんな仕事をしていて、どれだけ大きなものを造っているのか、とても簡単に分かってもらえる。大きくて存在感のあるものに、それ以上の説明はいらないのだ。

ホールの完成から四年が経《た》った今は、新しく原宿《はらじゅく》にオープンする三十階建てのホテルの客用エレベーターを造っている。もうすでに図面は引き終わり、工場での進行を見守っている段階だ。

ほとんどのスタッフが引き上げた真夜中、工場の片隅で試作品として組み立てられた奥行き一メートル四十センチ、幅一メートル三十五センチ、最大積載量七百五十キログラムのカゴ室を眺めながら、この箱が高度百メートルまですうっと昇っていくところを夢想する。ガラス張りなのは「お客さまがまるで宙に浮いている気分になるように」というホテル側からの注文による。上部もガラスにして星が見えるようにして欲しいというので、ドアの開閉装置の位置取りに苦労した。

「なにニヤニヤしてる」

無精髭《ぶしょうひげ》を擦《さす》りながら声をかけてきたのは、作業用ジャンパーを羽織った製造主任の岡部《おかべ》だった。入社十五年目のベテランで、設計部に入ったばかりの頃は描き込みの甘い図面にたびたび指摘をもらったため、今でも頭が上がらない。試作品の確認に来たのか、後ろに入社したばかりの若い部下を二人連れている。いつのまにかゆるんでいた口元を片手で覆い、俺はばつの悪さに目をそらした。

「してませんよ」

「ちょうど良かった、確認したいことがあったんだ。今日追加で注文された車いす用の操作盤な、付けるのは問題ないが、ガラス張りじゃ外から配線が丸見えだろう。先方は承知してるのか？」

「そこだけゴールドのケースを付けて隠すことになってます。意匠部にいくつかデザイン案を作ってもらっているので、ホテル側のオーケーが出次第、修正した図面をお渡しします」

「後になってジジババ用の手すりも付けてくれとか言ってこないだろうな」

「確認取れてます。操作盤のみで大丈夫です」

岡部は何度か頷いて手元の資料に書き込みを足した。若手二人を振り返り、目の前のカゴ室に油圧ユニットをどう取り付けていくかの説明を始める。メモを取りつつ若い二人は質問を重ね、岡部はそれに答えていく。

三人のやりとりを聞きながら、次第に妙な焦りに呼吸が浅くなっていくのを感じた。若い二人はしゃべるのが速く、なんだか声が聞き取りにくい。また、一人が問いかける最中にもう一人が問いを被《かぶ》せたり、途中で自力で答えに辿《たど》りついて勝手に納得したりと、しゃべる内容にも一貫性がない。油圧ユニットの種類について、配置の仕方について、なんで今回はロープ式じゃないのか、ガラス張りって耐震的にはＯＫなんですか、え、法律変わったんですか？　いやでもこないだ部長がこう言ってたんですけど。えー、そんな立場によって解釈が変わっちゃうのってどうなんですか。そういえば、このユニットって造ってる工場変わったんですよね。はい、はい。これだけ矢継ぎ早にまくし立てられて、よく岡部は困らないなと思う。自分が設計を担当している部分は追加で説明を足してやろうと思うのに、三人のあいだを跳ねる会話を追うだけで必死になってしまい、なかなか口が出せない。活発な会議でも、こういうことが時々ある。相性が悪いと一対一でも起こる。意見を言うタイミングが見つけられない。

「お前から何かあるか」

急に岡部から水を向けられ、俺はまばたきを繰り返した。十秒前に言うならちょうど良かっただろう内容はある。けど、改めて口にするほどではない。一秒迷う。ジャグリングのようになめらかに投げ交わされていた会話のボールを、自分の手元で止めてしまっている自覚がある。ぎこちなく首を振り、特にはないです、と辛《かろ》うじて返した。軽く頷き、岡部は復習しろよ、とうながして若手二人を解散させた。それで帰るのかと思いきや、その場に残って試作品のカゴ室に目を戻した。

「お前、そういえば異動の話が来たんだって？　新しいとこから」

なにげない口ぶりから、聞くタイミングをうかがっていたのだろうと思った。

ここ数年、会社は昇降機のみならず生産分野を広げようと試行錯誤を繰り返している。噂《うわさ》で囁かれる新しい事業部がなにを作ることになるのかはまだ分からないが、先日の飲み会で設計部の上司から「一応頭に入れておけ」と肩を叩《たた》かれたのは事実だ。

「はい、まだ決定はしていませんが」

「行きたいか」

「そんな、行きたくても、行きたくなくても、上が決めることですよ」

「さばさばしたもんだな。物の上げ下げに未練はないのか」

「いや……俺、でかい建造物が好きなんで、ダムのエレベーターとか造ってみたい気はするんですけど」

「ああ、あれほどモノのでかい受注はなかなかないなあ」

「ですよね。だから、……なんというか、ダムほどじゃなくてもそこそこ名の通ったでかい建造物に関わってこられたし、もういいかなって思う部分もあって」

「そんなもんか」

ふと、ゆるやかな沈黙が落ちた。岡部は首筋を掻いてジャンパーのポケットから缶コーヒーを二本取り出し、片方をこちらへ差し出した。

「まあ、流されるよりは、行く先がどこであれ、自分から流れていくぐらいの気でいろよ」

「なんですかそれ」

「ぼうっとするなってことだ」

おつかれおさきに、と手を振るジャンパーの背中が遠ざかる。

俺はぼうっとしてるのだろうか。もらった缶コーヒーを手のひらで弾ませ、工場の照明を落とした。

松屋《まつや》で牛めしとみそ汁を買ってマンションに帰ると、部屋の電気は消えていた。先に寝ているのかとも思ったが、寝室にも灯の姿はない。金曜の夜はいつも遅い。他業種にしてみれば一週間でいちばん幸福な時間だが、接客業にとっては書き入れ時なのだろう。三十半ばの俺より五つ年下の彼女は、渋谷の駅前にある若者向けのアパレルショップで販売員をしている。帰宅時間が異なるため、夕飯はそれぞれに済ませることが多い。洗濯機に汚れた衣類が溜《た》まっていたのでそれを回し、和室のローテーブルで牛めしを食べた。ビールのプルタブを起こし、テレビを点《つ》け、ザッピングの手をたたまま中継されていたサッカーの試合で止める。

二十二時を回り、それでも灯は帰ってこない。暇だったので、台所の引き出しから二つ折りのレシピを引っ張り出した。材料は強力粉、砂糖、塩、卵、バターにドライイーストト、あと最後に冷凍枝豆とチーズ。ほろ酔いの頬の熱さを感じながら深夜までやっているスーパーへ足を延ばした。材料を買い込み、ホームベーカリーの説明書を見ながら分量通り、四角い容器に粉やバターを放り込んでいく。枝豆はジャー上部の小さな蓋《ふた》付きのスペースに粒を入れておけば、生地《きじ》をこね終わる間際のタイミングで混ぜ込んでくれるらしい。良くできてるもんだなあ、と同じ機械造りに携わる者として感心する。準備を整えて、レシピの指示通り一次発酵までのコースでボタンを押した。ぶぅん、と低い動作音が響き出す。

買い出しついでに購入したサラミでビールをもう一本空《あ》け、洗い終わった洗濯物をカーテンレールへ下げていく。風呂から上がると、ぴーろろろ、ととんびの鳴き声に似た電子音が台所から聞こえた。

蓋を開けた瞬間にどこか甘苦い、アルコールが蒸発したような匂いがむっと立ちのぼった。ジャーに入れた分量の二倍はふくらんだように感じる、ところどころ枝豆の緑色が透ける白い物体が収まっている。ぽってりとした質感に誘われて指を突き入れると、ぬるま湯をたっぷり含んだ餅《もち》のような未知の感触に二の腕の辺りがむずがゆくなった。柔らかすぎて、なんだか落ち着かない。とりあえずレシピ通りに乾いたまな板に打ち粉をして、もちもちたぷたぷと手からこぼれかけるパン生地を運んだ。

べたつく包丁に苦戦しながらかたまりを八等分にしたところで、玄関の扉が開いた。ただいま、つかれたよう、と息を吐くような声が響く。

「おかえり」

「あ、パンの匂いだ」

「おお、明日休みだし、試しに作ってみてるんだけど」

丸める、とレシピにあるので、パン生地を握り飯を作るように手の中で転がしてみるも、切った断面が手のひらに張りついてまとまらない。ストールを外した灯が横から爪先《つまさき》立ちになって覗《のぞ》き込んでくる。

「すごい！　生地じょうずにできたね」

「作ったのはホームベーカリーだって」

「丸めるのは、こうやると楽だよ」

灯は洗った手に粉をまぶしてから切り分けられた生地の一片をつまんだ。打ち粉が多く引かれた箇所に移動させ、パソコンのマウスを持つときのようにお椀形《わんがた》に開いた手指を生地の上にそっと被せる。そして手のかたちを維持したまま、ゆっくりと円を描くように動かして、手の中の生地をころころと転がし始めた。すると俺の手ではどうしても言うことを聞かなかったパン生地が次第に角を失っていった。

「指先をちょっとすぼめると、どんどん生地が内側に入っていくから」

「うまいなあ」

「そう？」

「自分でもよく作るのか？」

「あまり作らない。これは、人に作ってもらうのが好きなの」

たどたどしい手つきでパン生地を丸めながらふと、灯がとても聞き取りやすい声をしていることに気づいた。高すぎず、低すぎず、少しおっとりとしたしゃべり口なのが良いのかもしれない。聞いていてもまったく焦らず、穏やかな心もちでいられる。これが相性というやつだろうか。成形を終えたパンを十分寝かせ、チーズを散らしてから熱したオーブンレンジへ入れた。鼻につくイースト臭が徐々に薄れ、香ばしい小麦の匂いが漂い始める。零時ちょうどにきつね色のパンが焼き上がった。熱々の一つを、シャワーを浴びてきた灯と台所で立ったまま頰ばる。

おいしい、と灯は目を細め、まるで金魚がついばむように少しずつパンを齧《かじ》り取った。

彼女は気に入ったようだが、俺はなんだか内部が硬い気がした。生地をこねすぎたか、とレシピをつまんで工程を見直す。六つ残ったパンは灯が「冷凍したい」と言いだした。遅く帰った日の夜食にしたいのだという。拒む理由もなく、いいよ、と頷いた。

それから一日にだいたい一つのペースで、灯は解凍してすかすかになったパンを食べ続けた。パンを食べる間は雑誌もめくらずＣＤも聴かず、ただ淡々と噛みしめるように口を動かしている。俺の目には、おいしいから食べるというわけでも恋人が作ったものだから食べるというわけでもなさそうな、なにかしらの無感覚が彼女の周りに漂っているように見えた。

「ほんとにうまいの？」

問いかけに、うん、と灯は子供じみた仕草で頷く。

次の金曜の朝、冷凍庫のパンがすでになくなっているのに気づき、「また作る？」と灯に聞いた。茜色《あかねいろ》のストールにショートブーツを合わせた彼女は玄関口で振り返り、「作って欲しい」と笑顔でねだった。帰宅後、今度は生地をこねすぎないよう加減しながらパンを丸める。二回目はだいぶうまくできた。外皮の歯ごたえがよく、中もふかふかと柔らかい。家にパンの匂いが漂っていることに灯は喜び、その場で二人で食べた残りをまた嬉々《きき》として冷凍した。

そんな日々を繰り返すうちに秋が終わり、街へ乾いた冷たい風が吹き込み始めた。俺はエレベーターを造るかたわらでパンを焼き続け、その腕前は徐々に向上した。慣れてきたからたまには違う具材を入れて焼こうか、と提案しても、灯は「このパンがいいの」とあっさり首を横に振る。

十二月の末、八王子《はちおうじ》にある灯の実家の餅つき大会へ招かれた。伯母《おば》夫婦とその子供たちなど、主に彼女の母方の親族が集まるらしい。男手は歓迎される、と灯も珍しくはしゃいだ様子で俺の手を引いた。

当日の朝、灯は二時間かけて実家に着ていく服を選んだ。どっちがいいと思う？　と両手に持ったニットを交互に胸に当てられても、正直なにが違うのかよく分からない。

「どっちもかわいいよ」

「うーん。どっちの方が、きちんと生活してるっていう風に見える？」

「きちんと？」

灯が持っているニットは白い無地のVネックのものと、紺色で丸首の、襟元《えりもと》に金色の刺繍《ししゅう》が入ったものだった。どちらもシルエットがすっきりと涼しく、普段彼女が出勤時に着ているファーやボタンの主張が強いカントリー調の服とはかけ離れている。

「なにをそんなに気にしてるんだ？」

「伯母さんたちの服装チェックが厳しいの」

「なんだそれ。俺もなんか気をつけた方がいいの？」

「あ、透くんのはちゃんと準備しておいたから」

灯はクリーニング店の紙袋から、ビニール包装のかかったストライプのシャツとトラウザーパンツを取り出した。どちらも買ったばかりで、シルエットが細く装飾のない、小綺《こぎ》麗《れい》なデザインだ。結局彼女は白のニットにオリーブグリーンの膝丈《ひざたけ》スカートを合わせた。鏡の前で入念に点検して、よし、と気合いを入れるように一つ息を吐く。

乗り換えに使う東京駅で手土産《てみやげ》を買い、中央線に乗り換える。八王子駅前には迎えが来ていた。カーキ色のジャンパーを羽織った背の高い男が、ミニバンに背中を預けたまま片手を上げる。年は俺と同年代だろう。目尻に笑いじわが刻まれている。

「おおい、こっちだ」

いとこのテッちゃん、と灯が囁き、俺のひじに手を添えて車の方へ向かった。男は灯へ笑いかけ、すぐにこちらへ片手を差し出した。

「徹夫《てつお》だ。よろしく」

「はい」

「なんだ、男前じゃないか。母さんたちが騒ぐぞ」

「そしたらテッちゃん、助けたげて」

徹夫の車の後部座席には白いうさぎのぬいぐるみがくくりつけられていた。幼児用のおもちゃで、揺らすと中の鈴が軽く鳴る。助手席の灯が徹夫へ、今日は玉枝《たまえ》さんは？　と聞く。来てるよ、と徹夫はエンジンをかけながら答えた。

灯の実家は駅から車で十五分ほどの、畑の点在する住宅地にあった。庭ではすでに男たちが音頭《おんど》を取って杵《きね》を振り上げていた。その周りを数人の子供たちがお互いを追いかけ回して遊んでいる。臼《うす》のそばに膝をついて餅を返している太鼓腹《たいこばら》の男が灯の父親だった。もうすでに酒が入っているらしく、機嫌の良さそうな赤ら顔で迎えてくれる。

「遠くまでよく来てくれた。荷物を置いて、ひとまずゆっくりしてくれ」

庭から居間へ通じる縁台を上がると、米菓子の匂いによく似た薄甘い他人の家の匂いがした。こたつで餅を丸めていた四人の中年女が俺を見て「ああ、灯ちゃんのカレシだ！」と賑やかな声を上げる。どうもと挨拶《あいさつ》をする間もなく、さあこっちこっち、外寒かったでしょうと、お玉を持ったまま顔を出した。奥の台所にいた女まで、中年女の一人に腕をつかまれて強引にこたつへ引っ張り込まれる。よく来たねえ、灯ちゃんたら、いくら言っても写真一つ送ってくれなかったんだよ。お煎餅《せんべい》あるよ、ああお酒がいいか。それで勤めはどこなの？　出身は？　へえ、茨城。あれえ、タカコちゃんちの旦那も茨城じゃなかったっけ。ああそう、あのダメ旦那ね。そういえばリュウジの嫁は今日は来ないの？　こないだアタシが叱《しか》ったから根に持ってるのよ。ねえ、透くんはどこで灯と出会ったの？　あらやだ合コン！　やーだー、すごいわね。あの子そういうところではどうしてるの？

餅丸め組の中で二番目ぐらいによくしゃべる、唇の薄い女が灯の母親だった。なんでも灯の母は四人姉妹らしい。四人ともまるで四つ子のようによく似ていて、誰がしゃべっているのか、どの話題が引き継がれているのか、だんだん分からなくなってくる。先ほどちらりと台所から顔を出した女はまだ二十代ぐらいの顔立ちをしていたので、もしかしたら徹夫の妻なのかもしれない。

甲高《かんだか》い声の波に呑《の》み込まれ、助けを求めてさりげなく庭を振り返っても、徹夫は餅つきの杵を渡されたところで、灯は父親と何やら話し込んでいた。

手元のコップに次々とビールが注がれる。とっさに「俺、酒弱いんで、もう」と断ると、女たちが声をそろえてどっと笑った。

「ほら、灯ちゃんは男見る目があるって」

「あたりね」

「母親の失敗を見て育つから」

「そりゃあ、よく言って聞かせたもの」

「浮気しないの選ぶわ」

「そうねえ」

なにを言ってるのか、さっぱり分からない。困惑が顔に出てしまったらしく、四人姉妹の一人がひらひらと手を揺らしながら言葉を足した。

「いやね、こんなこと今日初めて会った人に言うのもあれなんだけど。まあね、庭にいる男たちの一人がね、前に酒に流されて浮気したのよ。もうね、馬鹿なのよ、商売女にたらし込まれて」

「作り話に騙《だま》されてさ」

「透くんも気をつけなさいよ？　したたかな女はこわいんだから」

「ほら、今日も私らの小言を聞きたくないもんだから、もう酔ってるわ」

嘲笑の埋み火《うずび》で光る四つの眼差し《まなざ》の先には、つき終えた餅を持ち上げる灯の父の姿があった。息苦しさに、泡の消え失せたビールをあおる。この場から逃げたい。そう思った次の瞬間、庭へと続くガラス戸が開いて灯が顔を出した。

「次のお餅できましたよー。丸めるのお願いします」

「灯、台所のたまちゃん手伝いなさい。冷蔵庫にべったら漬けあるから厚めに切って」

「はーい」

横を通り抜ける間際に、思い出したように灯が付け足す。

「透くん、テッちゃんがそろそろ腕痛いから交替してくれって」

「あ、うん」

「あら、透くん頑張って」

「臼のふちを叩いちゃダメだよ。木くずが入るからね」

庭へと逃げて振り返ると、四人の女たちは俺のことなど忘れたように笑いながら熱い餅を千切《ちぎ》り始めていた。

「ようやく解放されたか」

苦笑いする徹夫に手招きされ、餅つき組の方へと加わる。こっちは相変わらず代わるがわる杵を振り下ろしながら、臼のそばに用意した七輪でスルメイカを炙《あぶ》って肴《さかな》にしていた。今は灯の父親が杵をとり、おそらくは四姉妹の誰かの夫と思われる男が餅の返し手を務めている。規則正しい餅つき音が響く庭で酒のコップとイカの足を受け取り、ようやく一息ついた。

「すごく賑やかですね、女性陣」

「だろう。だからみんな逃げてるんだ。顔見せは終わったんだし、餅をつき終わる頃にはおばさんたちも酔って大人しくなってるから、それまでこっちにいろよ」

「もう酔い始めてたのか、浮気の話までされて驚きました」

少し声を落として徹夫に話しかけた。先ほど驚かされた内容が、この一族にとってどんな位置づけのものなのか測っておきたい気持ちがあった。

杵を振るう男の背中をちらりと見やり、セイヤ、ホイ、という餅つきの合いの手に紛れるよう、徹夫はひそめた声で返した。

「全員にする。新しく家族になりそうな相手には全員。この家のカーストを、まず初めに教えたいんだろう」

あっけにとられ、返す言葉を失った。ぺたん、ぺたん、と粘りの強い音が沈黙を埋める。冷や酒をあおり、徹夫が続けた。

「もう十五年も前の話だぜ。すごいだろう。あの人たち、昨日のことみたいに言うんだから。忘れる気なんかさらさらないんだ」

声は純粋な驚きを含んでいた。そうですね、と一つ頷く。気がつけば浮気の話以外、ろくに女たちの会話を覚えていない。耳の内側で、まだ姦《かしま》しい鳥が鳴いている気がする。

「でも灯はこの家が好きなようですから、なじんでいきたいです」

「あいつ、そんなこと言ったのか」

「口には出してませんが、よくパンを作ってくれってねだられるんで。たぶん実家でよく作ってたパンなんじゃないかな」

返答が遅れ、不思議に思って顔を向けると、徹夫は驚いた様子でこちらの顔を見返していた。

「枝豆のパンか」

「知ってるんですか」

徹夫はわずかに眉を寄せた。

「馬鹿だなあ。まだ食ってるのか。俺が学生の頃、冷蔵庫に残ってたつまみの枝豆でよく作ってやったんだ。ちょうど親父さんのごたごたがあった時期で、騒動から逃げてきた灯を下宿先にかくまってやって、それで……」

出会ったときから歯切れのよかった男の物言いが初めて濁るのを感じ、やっぱり来るんじゃなかったと思った。家の中も、外も、不愉快なことばかりだ。俺はもしかして、彼女の初恋相手の思い出の食べものを延々と作らされ続けていたのだろうか。手の熱で温まった日本酒を軽くあおる。すうっと周囲の音が遠のき、心地よかった。ぐだぐだと続けられる徹夫の戯《ざ》れ言《ごと》も聞こえない。

ひたいを汗で濡らした灯の父親が笑顔で杵を渡してくる。なぜこの男はこれほど伴侶《はんりょ》に見下されながら、へらへらと笑っていられるのだろう。茶番だ、と思う。くちばしの曲がった肉食の鳥のような女たちの会話も、徹夫から明かされたパンの由来も、今日見聞きした何もかもがタチの悪い芝居のようだ。頭の中で、無音のメリーゴーランドが回転する。あの日、確かに運命の相手だと思ったのに、彼女にとって、不幸な境遇を救ってくれた運命の男は、この背の高いいとこだったのだろうか。血の近さから、関係を諦《あきら》めたのだろうか。そんな三流ドラマみたいな安っぽい想像こそ、茶番の最たるものだ。

杵越しに伝わる餅の柔らかさがパン生地に似ていて忌々《いまいま》しい。苛立《いらだ》ちを込めて勢いよく杵を振り下ろすと、周囲から、おお、と歓声が上がった。

最後につき上げた餅を抱えて男たちは家の中へ入った。徹夫の言う通り、こたつを囲む女たちはほどよく酔って静かになっていた。こたつに同じ高さのテーブルがもう一つ寄せられ、丸めた餅と深皿に盛られた納豆大根や砂糖醬油《じょうゆ》、きな粉などが並べられる。一升瓶がずらりとテーブルの脚元へ用意され、灯と玉枝の手によって山のような筑前煮《ちくぜんに》とべったら漬けが台所から運び込まれる。さらに、四姉妹の一人が席を立ち、商売で扱っているのだという肉厚のアジやイカを次々と揚げていった。きつね色の衣をまとったフライにすだちをしぼって塩を振ると、夢のようにうまい。子供たちはそれぞれの親に絡みつき、年の若い順に遊び疲れてうたた寝を始める。酒を楽しむ赤ら顔の大人たち。幸福な、美しい景色だ。灯の父親だって屈託なく贔屓《ひいき》の球団の快進撃について語っている。

それなのに、意識し始めるともう、薄い薄い汚水の臭いが鼻から消えない。一族の人間たちの強さ弱さ、発言権、話題のタブー、さりげない嘲弄《ちょうろう》と、時折テーブルへ落ちる倦《う》んだ目。灯は賑やかな輪の外側でにこにこと笑い続けていた。

したたかに酔った夜更け、来年もよろしく、と挨拶を交わしてタクシーを呼び、灯の実家を出た。終電に揺られ、お互いを支え合うようにして自宅のマンションに帰ったのは午前一時過ぎだった。二人とも疲れ果て、風呂も入らずにしばらくの間、ソファに腰かけてぼうっとしていた。

「もう、パン、作らない」

放り出すように言うと、灯はうつむいた姿勢のまま、だらだらと涙をこぼした。

「そんなこと言わないで」

「いやだよ。誰かの代わりにされるのはまっぴらだ。本家本元の徹夫くんに作ってもらえばいいだろう」

「あれがなきゃ死んじゃう」

死などと軽々と持ち出す灯の幼稚さに苛立って口を閉じる。灯は細い呼吸を繰り返し、ぽつりぽつりと続けた。

「透くんが、きらいそうな場所に連れて行って、ごめんなさい。一人で行きたくなかったの」

「俺がいやがるって分かってて連れて行ったのか」

「だって、家族になるかもしれないから」

「家族」

家族とはなんだろう。生きて溜めた汚泥《おでい》を分け合うことが義務なのか。俺には灯の言葉には芯《しん》がなく、ただの定型句をなにも考えずになぞっているように感じられた。

「あのパンは、なんなの」

沈黙は長かった。灯の下唇に歯のあとが残った。

「子供の頃、テッちゃんに作ってもらった」

「それは聞いた。実家を出ていた時期があったって」

灯は膝の先へ目を落としたまま続けた。

「テッちゃんはまだ大学生で、だから、私を支えきれなくなったんだと思う。初めはかわいそうだって言って、そばで話を聞いたり、ごはんを作ってくれたり、携帯にかかってくるお母さんからの電話を代わりに取ってくれたりした。けどだんだん、お金だけ置いて、あまり部屋に帰ってこなくなった」

遠くで電車の音が聞こえる。車庫へと向かっているのだろうか。静寂を刻むように、かたんことん、かたんことん、と高く歌う。

「テッちゃんはその頃、パン屋でバイトしてた。たまに帰ってくると、ごめんなって謝りながらあのパンをたくさん焼いてくれた。初めて泊めてもらった日、私が自宅でパンが焼けるってことを珍しがって、喜んだから」

食べてるとなんだか安心するの、と灯は続けた。

「足が、しっかりと地面に着く感じ。世の中ってこういうものだって、ちゃんと思い出せて、なにかいやなことがあってもあんまり悲しくないの」

「冷凍した？」

「え？」

「その頃も、パンを」

灯は不思議そうに首を傾げ、した、と一つ頷いた。

古い傷をこねて安堵《あんど》するのは、彼女の母親と同じ癖なのだろうか。もっとも痛かった瞬間を反芻《はんすう》し続け、忘れない。いや、忘れられないのかもしれない。頭の中で戦いが終わらない。灯の実家で感じた汚水の臭いが鼻先をよぎる。いやで、いたたまれなくて、仕方がなかった臭い。

少し考えさせてくれ、と言って、俺はソファから立ち上がった。


年明けの仕事始めの日、朝礼で社長の口から、三月に始動する新しい事業部の名称が発表された。遊戯機械事業部。過去に何度か座席が上下に高速移動する、いわゆるフリーフォール系の絶叫マシンの注文を受けたことはあるが、今後はそれに加えてティーカップ、メリーゴーランド、観覧車など、回転系アトラクションの製造に手を広げていくらしい。ゆくゆくは一つのテーマパークすべての遊戯機械をうちで作れるようにする、と気合いの入った抱負にフロアのそこかしこから拍手が湧いた。

予想通り、それから二週間後の内示日に設計部の上司から呼び出された。新しい事業部の、回転系アトラクションの設計室に入って欲しいとのことだった。やりがいがありま す、うれしいです、と定型通りに微笑《ほほえ》んで頭を下げる。岡部に指摘された通り、俺はずっとぼうっとしてきたのだ、と思う。大きな建造物に関わることがなんであんなにうれしかったのか、それが結局自分にとってなんだったのか、よく分からないまま夢の時間は過ぎてしまった。

帰り道、小雨の降る中、久しぶりにかつて手がけた渋谷の演劇ホールに足を向けた。入り口の案内板によると、今は『オズの魔法使い』が上演されているらしい。金曜の夜であるせいか、ホールの一階に設けられたフレンチレストランは外から見ても盛況だった。若い男女や家族連れがテーブルを囲んで笑っている。近くのカフェの二階席から、ライトに照らされた円形の外観を眺めた。

大きいもの、美しいもの、名前だけで誰もが分かってくれるもの。そういうものに関わっていれば、苦手な事柄を一つ免除される気でいたのだろうか。岡部との会話の際、とっさにダムと口にしたが、もしもダムのエレベーターを造り終えていたなら、俺はなんと答えただろう。

自宅へ戻ると、珍しく窓の明かりが点いていた。そういえば灯は初売りのセール期間中に休日出勤をした分、振り替えで休みを取ると言っていた。扉を開け、室内へただいま、と声をかける。

居間で携帯を耳に当てていた灯がこちらを振り返り、おかえり、と無音で唇を動かす。「だいじょうぶ、それで、横浜《よこはま》店には在庫あったの?」と回線の向こうの相手へ返しながら腰を浮かせ、彼女は洗面所の方へと移動した。俺は雨で湿ったスーツをハンガーに吊るし、乾いたバスタオルに水気を吸い取らせた。耳のふちを、ちらちらと灯の声がくすぐる。

仕事の連絡だから尚更《なおさら》なのかもしれないが、灯の声の響きは、いつもこの部屋で俺と交わしているものとはだいぶ違っていた。普段の声が丸石を一つ一つ丁寧に並べていくものだとしたら、今の声はころころと石を一定方向へ転がし、相手にもその速度を求めるものだった。

通話を終え、そばへ寄ってきた灯は「おかえりなさい」と改めて口にして、両腕を俺の腰へ回した。小柄な彼女がそうすると、こちらの顎《あご》の下にすぽりと頭が収まる。顎をつむじに当ててぐりぐりと押しつけたら、いたいよういじめるようと笑って、俺の胸を平手で叩いた。

「体つめたいね。外寒かった？」

問いかけに頷きながら唐突に、相性がよかったわけじゃないんだ、と気づいた。この子は、まったく知らないところで、俺の速度に合わせてくれていたのだ。

「なあ、なんで俺がお前の実家をきらいそうって思ったの」

灯はまばたきを繰り返し、ゆるく首を傾げた。

「透くん、早口でしゃべる人、苦手でしょう。うちの親族、みんな早口だから」

「どうして分かった」

「分かるよ、そんなの」

おかしそうに笑って、灯は俺の頭に触れた。私ね、透くんのゆっくりしたしゃべり方、好き。そう言って、髪の根元をさらりと撫《な》でる。

真夜中、窓を開けるとまだ雨は降り続いていた。涼しく潤んだ空気が熱のこもった和室の内部をぐるりとめぐり、洗う。シーツにうつぶせになった灯の、そばかすの散った背中に毛布をかけようと腕を浮かせたところで、彼女が起きていることに気づいた。街の明りを目に映して、ゆっくりとまばたきをしている。頰に人差し指を落とすと、光る目がこちらを向いた。半開きになっていた唇に指先をもぐらせる。灯は眠たいのか、特に反応を返さない。歯が爪《つめ》に当たり、それをそうっと押し上げて温かくざらつく舌へ指の腹を沈めた。

なにを見て、なにを考え、なにを食べてきたのだろう。ゆるゆると舌を撫で、唾液に濡れた指を抜く。うつぶせに寝直した灯の頭に一度手のひらを置いて、台所へ向かった。引き出しの奥から強力粉を取り出す。もうレシピを見なくても、手順はすべて覚えている。

焼いている最中に灯が目を覚ました。下着を身につけ、ふらふらしながらトイレへ立ち、用を済ませてから不思議そうに電気のついた台所と、ソファに座る俺を交互に見つめる。俺は雑誌を閉じ、灯に声をかけた。

「パン、もうすぐ焼けるから。食べたかったら食べて」

灯は答えず、かかしのようにしばらく立ったままでいた。やがて動きだし、橙色《だいだいいろ》の光を放つオーブンレンジの中を覗き、また少しぼうっとしてから俺の隣にすとんと腰を下ろす。

焼き上がりを告げるビープ音が響き、ソファを立った。機械の扉を開けば、ほどよく焦げたチーズの香りがあふれる。小皿にのせて、焼きたてを灯へ差し出した。灯はパンの皿を両手で受け取り、少しおびえた目をしてこちらを見返した。

「俺は、分かってやれないけど、食って、少しでも楽になるなら、こんなのいくらだって作ってやる」

灯の指がパンをつかんだ。口へと運び、大きく齧り取る。生地から立ちのぼった湯気が彼女の頰をつつむ。俺はそれを見ながら続けた。

「それでも俺は、これを、かなしい食べものだって思う。だからいつか灯が、どん底だけを信じるんじゃなく、他の、もっと幸せなものに確かさを感じて、このパンを食わずにやっていける日がくればいいって、願うよ」

頷く灯の鼻先からぼろぼろと水の玉がこぼれた。彼女はパンをお代わりした。三つのパンを口に詰め終えて俺の顔を仰ぐ。そうしなよ、とうながすと、残った五つを冷凍した。寝床に戻り、羽布団《はねぶとん》を肩へ引き上げる。こんど俺、メリーゴーランドを造るかもしれない、と告げると、灯は目を丸くして「いいなあ」と月が光るように微笑んだ。その顔を見ながら、やっぱり造るならこういうものの方がいい、と思う。

異動後の初仕事は、動物園に併設された小さな遊園地の回転系アトラクションの改修工事だった。直径十五メートルの円形に配置された、飛行機の形をした八つの座席が音楽に合わせてぐるぐると回る。今までは同じ高さをただ淡々と回り続けるだけだったが、中心の機軸を入れ換えて、八つの座席が回転の際、客の手元のレバーで上下に移動できるように設計し直した。続いてやってきたのは、デパートの屋上にある子供向けの汽車型ライドの改修依頼。一から遊具を新設する仕事はなかなか入らなかった。冬の終わり、地方にオープンする遊園地のメリーゴーランドを新設する話があったものの、入札であっけなく敗れた。

「なかなか、なんとも」

「そっかあ」

「あ、あれ面白いな。外周と真ん中で床が逆回転してる。余計に目が回りそうだ」

パステルカラーのティーカップが目の前で複雑な円運動を繰り返す。カップ内のハンドルを極限まで回した子供たちが独楽《こま》のように回転しながらきゃっきゃと笑う。俺はそばの手すりにもたれたまま、ティーカップ遊具の構造を持参したノートへ書き写した。

異動してからは商品研究のため、休みの日に遊園地をめぐることが多くなった。都内のみならず近隣県へも足を延ばしてアトラクションを一つ一つ見て回る。休みが被ると、なぜか灯もそれについてきた。構造を書き留めたり、場合によっては何度も同じアトラクションに乗ったりもするため、「ついてきても退屈すると思うよ」とは伝えたものの、彼女は「それでいい」とあっさり頷く。実際、遊具を前に細かなメモを取る俺のそばで、灯は不満げな様子もなく売店で小物を買ったり写真を撮ったりと、言葉少なに周囲の華やかさを楽しんでいた。

メモを取り終え、ノートを閉じた。

「よし、乗ってみようか」

「あの花のついてるカップがいいな」

「じゃあ席取りで勝たないと」

目当てのカップに乗り込んで間もなく、運転開始のベルが鳴った。回転と共に周囲の色彩が溶け出し、ゆるりと現実感が遠ざかる。円盤形のハンドルを大きく回すと、髪を押さえた灯がやめてやめてと笑い声を上げた。

観覧車やファミリー向けライドはもちろん、いわゆる絶叫マシンやジェットコースターなどにも灯は鼻歌まじりで付き合う。

けれどなぜだか、メリーゴーランドの前に行くと、乗るよりもそばのベンチで眺めている方を選んだ。

「好きなら乗ればいいだろう」

「好きすぎるとね、よく分かんなくなっちゃうの」

意味が分からず、せめてなにか読み取れるものはないかと横顔を見つめる。灯は少し間《ま》を置いて、唇の端を柔らかく崩した。

「そうっと黙る感じが、透くんだね」

「そうかな」

「あなたほど、まじめに誰かの話を聴く人に、会ったことない」

こういうことがあるんだなあ、と思う。ゆっくりと歩いてきた道のかたわらに、「ああ、俺のためのものだ。俺を待っていてくれたんだ」というものが立っている。それは本かもしれないし、音楽かもしれない。技術かもしれない。学問かもしれない。メリーゴーランドかもしれない。俺にとっては、人の形をしていた。

あのね、と灯は言葉を探しつつ続けた。

「メリーゴーランドって賑やかできれいじゃない？」

「うん」

「だから、すごく好きなんだけど、木馬は、偽物の馬じゃないですか」

「そうだね」

「乗って、ああやっぱり偽物だよなーって思ったら、さみしい。それよりはそばで、きれいなものとして眺めている方が、いい、のかな、たぶん」

美しいメロディをばらまきながら馬たちがゆっくりと回り出す。この遊園地のメリーゴーランドは戦前にヨーロッパから輸入された古いもので、木馬が上下したり回転速度が変わったりなどの小技はないものの、今では珍しいアール・ヌーヴォー様式の繊細な装飾がとても美しい。馬たちのたてがみはまるで生きているかのように波打ち、藤色の馬車の屋根には天使が舞い、天井画に描かれた女神たちが優しい眼差しで行列を見守っている。

もちろん、装置の稼働音はするし、回転中に乗車案内のアナウンスは流れるし、馬たちはまたがったら硬いだろう。それでも、このメリーゴーランドの設計者たちは、この世にはない楽園を作ろうと思ったのだ。

「本物だったら乗る？　馬も、天使も、このきらきらした空間がぜんぶ本物だったら」

「……乗っちゃう」

「じゃあ、乗った方がいい。作った人間は、灯みたいに、こういうものに焦がれる人のために造ったんだ。ぜんぶ、望んだものをなにもかも、ってわけにはいかないだろうけど、きっとなにかいいことがある。それを信じてもいいと思う」

灯はしばらく木馬を見つめ、考えてみる、と落ち着いた声で答えた。

彼女が枝豆チーズパンをねだる頻度は、週に一度がいつのまにか二週に一度になり、桜が咲く頃には月に一度になった。それでも、完全にはなくならない。俺が忘れかけた頃にすっと袖《そで》を引き、あれ食べたいな、と小さな声でねだる。特に、月末になると無性に食べたくなるようだった。俺はそのパンについて、特別になにか意見するのを止めた。求められたら黙々と作り、焼いて、差し出す。灯もまた、明日の話をしながら穏やかにそのパンを頬ばった。

地方の老舗《しにせ》遊園地から「もう十年以上前に撤去したメリーゴーランドを、昨今のレトロブームに乗って再設置したい」という注文が入ったのは、ゴールデンウィークが明けて間もない日のことだった。なんとか新設工事を取りたいと奮闘していた社長がコネをたぐって手に入れた案件だ。かつてのメリーゴーランドの外観写真を参考にしつつ、遊園地のオーナーが口にした「うちはどうせ、ラブラブのカップルとかこないから。子供やジジババにウケのいい、あんまり派手じゃなく、洗練されているわけでもなく、子供の頃、誕生日によく食べたスーパーのイチゴのショートケーキみたいな、なつかしいの作ってよ。回転もゆっくりめでね」という要望を軸に企画を練った。

単純でなつかしいもの、親しみやすいもの、子供とお年寄りが気軽に手をつないで乗れるもの。呪文《じゅもん》のように唱えながらスタッフで膝を突き合わせる。木馬や外観のデザイン、回転の構造、馬が跳ねるタイミングや、昼夜で照明をどう変えるか。お年寄りが歩きやすいよう床に段差を作らないこと。細かな決定事項を積み上げて、この世にないものへ近づけていく。

半年後、完成したメリーゴーランドに俺は灯を連れて行った。紅葉《もみじ》がちょうど見頃を迎えた、肌寒い日だった。灯は肩にウール製のタータンチェックのストールを巻いていた。

赤や緑の鞍をつけた馬たちが、いつか音楽の授業で聴いたことがあるようなクラシックに合わせて走り出す。完成したばかりということもあって、メリーゴーランドの周りには親子連れの列ができていた。そばのベンチに並んで腰かけ、しばらくのあいだ美しい馬と、それにまたがる客が回るのを黙って眺めた。電飾が輝きを強め、白馬の背中が乳色に光る。誰だって馬が本物でないことは分かっている。それでも、あちこちで本物の笑顔が咲き、まるで花畑を前にしているようだ。

「乗ってみない？」

うながすと、紙コップのココアをすすっていた灯はむずがゆそうに口元を動かした。

「照れちゃう」

「俺なんか動作確認で百回以上乗ったけど、何回乗ってもけっこう楽しかったよ」

飲み終えたコップをくず入れに放り、灯の冷えた手を取って列へ並ぶ。十五分ほどで順番が回ってきて、灯は少し迷って桃色の鞍がついた白馬を、俺はその隣の栗毛の馬を選んでまたがった。

「その白いの、製造部の奴らにホワイトベッセルって呼ばれてた」

「ええ、なにそれ」

「競馬好きなやつがいるんだ」

「やっと乗ったんだから、夢を壊さないでよ！」

彼女が噴き出すように笑って間もなく、優美な音楽が流れ出し、馬たちは息を吹き返した。なんの変哲もない、薄日が差した午後の風景が淡い夢の輝きを帯びて回り始める。

目玉焼きを一枚、丁寧に焼くぐらいの時間をかけて、きらびやかな旅路は終わった。楽しかった、と息を切らせる灯の頬が染まっている。汗ばんで火照《ほて》った手を引いて台座から降りれば、背後で次の回のメロディが響き始めた。

帰りはスーパーに立ち寄って食材を買い込む予定になっている。車へ戻り、卵あったっけ、葱《ねぎ》買わなきゃ、とそれぞれに冷蔵庫の中身を思い出して口にする最中に、俺は常備している冷凍枝豆がそろそろ切れることを思い出した。あとあれ、と言いかけたところで、一息早く灯が「パン」と呟いた。

「もう、だいじょうぶかもしれない」

顔を向けると、彼女は笑っていた。持ち上げられた口角がほんの一瞬、ふるりとひくつく。それに、気づかないふりをして頷いた。

「そうか」

「代わりに、さっきのメリーゴーランドみたいなパンが食べたい」

「すごい無茶ぶりだな！　イチゴとか入れればいいのか？」

「スーパーで一緒に考えて」

分かった、と頷いて車のエンジンをかけた。アクセルを踏み、それまでの景色を置いていく。夢の馬のいななきが、遠くで聞こえたような気がした。

ミックスミックスピザ

辿《たど》り着いたのは薄暗い、アジアンテイストの部屋だった。ラタン素材のテーブルと椅《い》子《す》、壁に掛けられた蓮花《れんげ》模様の織物。ほのかに漂うお香の匂い。だから正面玄関にマーライオンの像が飾られていたのか、と納得する。脱衣所とバスルームを隔てる扉はガラス製で、表面になんの加工もされていないため、入浴中の様子が丸見えになる。注いだ端から湯が冷めていく、広くて浅いジャグジー風呂。ダークチョコレート色の壁紙と、同色の板で塞《ふさ》がれた窓。まとめて洗濯機に放り込むのだろう薄くて軽いポリエステルの寝具たち。ラタンやウォーターヒヤシンスの籠《かご》の網目からにじむ、黄色っぽくて淡い光。

湯で火照《ほて》った体をバスタオルで拭《ふ》き、下着をつけ、備え付けのガウンを着てペイズリー柄のカバーに覆われたダブルベッドの端に腰を下ろす。なんだか火星よりも遠い場所に来てしまった気分だ。この部屋にあるのは眠るためのベッドじゃないし、部屋を明るくするための照明じゃないし、体を温めるための湯船じゃない。もちろんここはシンガポールじゃないし、アジアンな内装に大した意味があるわけでもない。

「なにニヤニヤしてるんですか」

脱衣所から、全裸で腰にタオルを巻いた弦巻《つるまき》くんがやってくる。湯船に浸《つ》かって触れ合っている間はあまり意識しなかったけれど、こうして改めて目を向けると、体つきが若々しい。スポーツなり、筋トレなり、なにかやっているのかもしれない。全体的にメリハリがあり、皮膚の色が明るく、内から外に向けて日差しのような熱と光が放射されている。体の前面は平べったいのに、背を向けると、隆起した背筋と尻のふくらみの間にえぐり取られたような深いカーブがあるのも、美しいなあと惚《ほ》れ惚《ぼ》れした。

「してないよ」

「へえ」

どうでもよさそうな相づちを打って、弦巻くんはソファに置いた仕事鞄《かばん》から半分ほど中身が残った炭酸飲料のペットボトルを取り出した。とっくにぬるくなって、ガスも抜けているだろうに、喉《のど》を反《そ》らしておいしそうに飲む。甘い炭酸飲料なんて、私はもう十年くらい買っていない。

「なんでもいいけど、人妻ってそんなに性欲溜《た》まるものなんですか？」

意地の悪い問いかけに、私は肩をすくめた。正直なところよく分からないし、答えようがない。弦巻くんはベッドのサイドテーブルに置かれたホテルの案内をめくり、腹減ったなあ、と間延びした声で言った。

「なにか食べに行こうか」

「んん、いや、ルームサービスが時間的にまだいけるみたい。頼んじゃおうかな。生田《いくた》さん、なにか苦手なもんある？」

日中は乱れのない敬語だったのに、早くも崩れ始めている。しかしさりげなく苦手な食材を聞く様子からは、彼の育ちの良さや、性質の良さを感じた。

「私はいいから、好きなもの頼んで」

迷惑をかけたお詫《わ》びにおごる、と暗に示して注文をうながす。弦巻くんは黒目がちな目をちらりとこちらへ向け、フロントに電話をかけるとミックスピザとフライドポテトとペプシコーラを注文した。


取引先との会食を終え、帰ろうとしたのだ。

難航していた大手コンビニチェーンとクリスマススイーツを共同開発する話がようやくまとまり、企画を担当した私も、五つ年下の営業の弦巻くんも、ひどく浮かれていた。二人とも接待相手に気をつかって酒を多めに飲んでいたし、ここのところ無理が続いて疲れていた。それでもほんのひとかけらの迷いもなく、直前まで、私も彼もそれぞれの家に帰るつもりだった。

地下鉄のつり革につかまって会食の成果や今後の見通しなどを話し合っていたら、停車したホームから思いがけずたくさんの乗客が押し寄せた。同じロゴの入ったTシャツを着た背中がちらほら見える。どうやら近くの施設でライブがあったらしい。乗り切れない人がホームで次の電車を待つ列を作るほどの混みようで、向かい合って歓談していた私と弦巻くんは、両側から背中を押されて密着せざるを得なかった。体の間に資料が入ったバッグを挟み、気まずさで顔をそらしながら「狭いね」「運が悪かったですね」などと声をかけ合って揺られていく。重ねて運の悪いことに、もっとも近いハブステーションまでまだ十駅近くあった。ライブのために遠くからやってきた客が多いのだろう。いくら扉が開閉しても、混雑はまったく緩和されない。

電車がカーブに差しかかり息苦しさを感じるほど密着が深まった際、腰骨の辺りに丸みのある硬いものが当たった。弾力から縁日でよくすくったスーパーボールを連想し、どうしてそんなものを持ち歩いているんだろう、と弦巻くんを見上げる。弦巻くんは顎《あご》を浮かせて扉の上部に設置された車内広告を眺めていた。その広告のなにがそんなに面白いのか、不自然なくらいに顔の角度を変えない。それでようやく、腰に当たったスーパーボールの正体が分かった。

これは完全に事故だ、と背中に冷や汗が噴き出した。性欲とか恋とかに関係なく、疲れや睡眠不足でそういうことが起こる場合があると夫から聞いたことがある。気づかないふりをしよう。胸に抱えた資料バッグに目を落とす。弦巻くんもその場で足踏みをして腰を引こうとしているが、背後にあまりに乗客が詰まっていて動くに動けなさそうだ。なんとか当たる位置がずれたと思ったら、また停車と同時に押しつけられる。

ボールの感触に慣れるにつれて、おかしくなってきた。大人二人が真面目な顔で、スーパーボールの置き場所に右往左往している。ほんの数分前まで私たちは、納期や原価率の話をしていたのに。というか、気がつけばいつだって、次の仕事の問題点や夫の体調のこと、子供の教育のこと、食事のこと、ややこしくて意味のあることばかり考えてきた。

こんなにおかしくて、馬鹿馬鹿しくて、無意味なこと、私の人生にもう二度とないかもしれない。

ホームに電車が停まる。下車駅はまだ先だったけれど、弦巻くんの手をつかみ、降ります、と声を上げて人混みを掻《か》き分けた。弦巻くんは大人しくあとをついてきた。

降りたことのない駅でも、駅前を見ればおおよそ繁華街の方向は察しがつく。手をつないだままネオンの輝く通りへと歩き出し、十分も経《た》たずに目的の建物は見つかった。

「入らない？　いやじゃなければ」

マーライオンの像の前で誘いかける。弦巻くんは二度、三度とまばたきをして、マーライオンと私を見比べた。

「俺、彼女いるんですけど……」

「はっはっは、そんなこと言ったら」

私は自分の左手の薬指の輝きを指さした。ふざけている風を装っていても、少し声が震えた。弦巻くんは「ですよねえ」と眉《まゆ》をひそめて苦笑いをし、ああー、と低くうめいてから私の手を握り直した。


取引先との会食が長引いて終電を逃してしまった、というメッセージを送ると、夫から「うちの母親が来てるから大丈夫」との返信があった。夫は息子が保育園に登園する際に必要な支度が分からない。けれどお義母《かあ》さんがいるなら任せられる。ひとまず安堵《あんど》して、スマホをしまう。

部屋の扉がノックされた。はい、と返事をして、ガウンを着た弦巻くんが応対に出る。彼はすぐに平たい紙箱と、紙袋を一つ持って戻ってきた。ドリンクやポテトをテーブルに広げ、ピザが入った紙箱の蓋《ふた》を開ける。

ミックスピザには数粒のコーンと、紙のように薄いタマネギと、油っぽいサラミが四枚のっていた。

「なんにもミックスされてない。むしろ具材が少なすぎて、それぞれが途方に暮れてる感じ」

「そう? こういうところのピザって、こんなもんじゃないですか」

ベッドにあぐらをかいた弦巻くんはそう言って、カロリーのかたまりみたいなピザを口に運んだ。大口を開けてかぶりつき、ほんの二口で一切れを食べ終えてしまう。お腹《なか》が空《す》いていたらしく、あっという間に半分近くのピザを平らげた。

「生田さん食べないの?」

「おいしそうだけどさ、これだけカロリー高くて栄養のないものを食べると、あとで後悔しそう」

「このジャンクな感じがうまいのに」

「せめてルッコラ千切《ちぎ》って、生マッシュルーム刻んで、半割にしたフルーツトマトのせたい」

「やだよそんなの。後ろめたいことしてるときに食うもんじゃないでしょ」

後ろめたいこと、という言い方が、まるで食べたことのない美しい菓子の名前のように耳へ響いた。

「ほら、口開けて」

今にも溶けたチーズがこぼれ落ちそうな一切れを差し出される。仕方なしにシーツから体を起こしてそれを噛《か》み取った。チーズの弾力と、塩の効いた生地の小麦粉の香り、噛むたびにあふれる油の陶酔感が口いっぱいに広がり、一気に脳へと駆け上がる。いっそ官能的なくらい不健康で、頭が悪くなりそうなおいしさだった。

弦巻くんの手をつかんで、もう一口噛み取る。黙ってピザを食べ続ける私を、弦巻くんは不思議そうに眺めていた。


健康的な食事作りのヒントは、赤、黄、緑、白、黒の五色の食材を満遍《まんべん》なく使うことにあるらしい。

スーパーのカートを押しながら、私はいつも冷蔵庫の中身を思い返し、手持ちの材料で欠けた色がないか確認する。赤は割と簡単だ。牛肉や鮪《まぐろ》の刺身など、メインの食材として出しやすいし、いざとなったらトマトをくし切りにすればいい。緑は葉物野菜を使えばいいし、黄色もうちは卵料理をよく作るのでクリアしやすい。白は大根や豆腐ばかりじゃ飽きてしまうと悩んでいたが、白米も白じゃないか、と思いついてからはだいぶ気が楽になった。一番手こずるのは、黒だ。黒ごまは家族の誰もそれほど好きではないし、わかめも続けばいやになる。きのこ類は夫も息子も匂いが苦手でなかなか食べない。仕方なく味付け海苔《のり》をおやつ代わりにつまんでもらおうと食卓に常備したものの、食べているのは私だけのような気がする。

「あのねー、おーちゃん、ラーメンたべたいの」

今年から保育園の年少さんになって制服を着るようになり、水色のシャツにサスペンダー付きの紺色の半ズボンを穿《は》いた桜輔《おうすけ》が照れたような笑顔とともに、内緒話っぽく小声で言う。前はよくコンビニの冷凍コーナーに置いてあるレンジでチンするタイプのラーメンを買って、遅くなった日の夕飯にしていた。桜輔が言う「ラーメン」とはそれのことだが、あれだけでは栄養が偏ってしまう。なら、袋麺《ふくろめん》に具材を入れて調理するとして、赤を牛肉、黄色を落とし卵、緑をほうれん草で補って——白と黒をどうしよう。ラーメンに白？　豆腐？　白いかまぼこ？　黒は海苔か？　かまぼこをわざわざラーメンのためだけに買う？　それとももう一品、冷や奴でもつける？

「あれ！　これなーに？」

「あ、こら触らない！」

うろうろと考える間に後ろをついてきていた桜輔がいなくなり、気がつけば肉売り場でラップにくるまれた豚足をつつこうとしている。だめだめだめだめ、と注意を重ねながら小さな手を強く握り、片手でカートを押して野菜コーナーへ歩き出す。なにを考えていたんだっけ、そうだ、ラーメンだ。もう一品、豆腐料理をつけるかつけないか。でもシンプルな冷や奴だとあまり食べてもらえないから、たとえば野菜を混ぜた温かい餡《あん》をかけるとか、チーズをのせてチンするとか、そういう工夫が必要な、気が。

「走らないよ！　前見て前！　ああっ、ごめんなさい……待ちなさい桜輔！」

つないだ手を振り払った桜輔が、お菓子コーナーを見つけて走り出す。名前通りに四月生まれで、つい先日クラスの誰よりも早く四歳になったというのに、まだ大好きな戦隊ものの商品を見ると夢中で走り出してしまう。桜輔がぶつかりかけた他の客に謝りつつ、カートを置いて小さな体をつかまえる。

桜輔を連れた買い物は、先々のことを考えながら買う、ということが難しい。いつもなにかを買い忘れるし、凝ったメニューは考えられない。レシピをスマホで確認するという一動作すら、桜輔を見失うきっかけになる。

もう豆腐はとろけるチーズをのせてチンして、醬油《しょうゆ》をかけよう。昨日も同じ副菜だったけど。そう思ってすぐに、副菜はお野菜を中心にね、と申し訳なさそうに眉を下げた靖《やす》子《こ》さんの微笑《ほほえ》みを思い出して、謝りたくなる。

急ぎ足で買い物を終え、桜輔を電動自転車のチャイルドシートに乗せてマンションに帰る。

ダイニングテーブルに頰杖《ほおづえ》をついた晴仁《はるひと》さんは、朝と同じ姿勢で資格試験の参考書を開いていた。

「おかえり」

「ただいま。ごめん、会社出るの遅れちゃった。お腹空いたよね」

「いや、全然。集中してたから時間が経ったの分からなかった。おいで、桜輔。父ちゃんと風呂に入ろう」

「えー、ゆーちゅぶのおもちゃのやつ、みるのー」

「風呂入って、夕飯食べ終わって、寝る前にちょっとだけならいいよ」

夫と息子の声が風呂場へ遠ざかっていく。私はスーパーのビニール袋から食材を取り出し、急いで調理に取りかかった。

半年前の気温が下がり始めた冬の初め、晴仁さんは原因不明の頭痛と眩暈《めまい》に悩まされていた。様々な医療機関を訪ねたところ仕事上のストレスが原因だと診断され、当面の療養を勧められた。技術者として電機メーカーに勤めて十五年。長らく量販店向けの店舗システムを開発する部署にいたが、昨年の春に異動し、ＡＩを用いた新しいサービスを提供するために新設された部署の管理職に昇進したばかりだった。

これからは若手の育成に努めたい、と晴仁さんは昇進を前向きに喜んでいた。だから彼が仕事由来のストレスで病気になったということが、私は初め、なかなかピンとこなかった。

晴仁さん自身も、新しい役職に就いて日が浅いのに職場を離れるわけにはいかないと、薬を飲んだり整体に通ったりして誤魔化《ごまか》しながら勤務を続けた。自分がそんな病気になるわけがない、ただの季節性の体調不良だと思いたがっている節《ふし》もあった。

しかし年末年始の休み明けから間もなく、「行けない」と真っ青な顔をして玄関にしゃがみ込み、動けなくなった。改めて医師の診断書を取り、半年間の休職が決まった。

それから四ヶ月、晴仁さんの体調はよくなったり悪くなったりを繰り返している。起きて散歩をしたり、参考書を開いたりしているときもあれば、体がだるいと何日も寝ていることもある。

義母の靖子さんは彼が休職して以来、私の帰宅が遅くなる日に合わせて家を訪ね、桜輔の保育園のお迎えに行ってくれるようになった。他にもお総菜を差し入れてくれたり、部屋の掃除で行き届いていない箇所に手を入れてくれたりと、助けられてばかりだ。体調が悪いとき、晴仁さんは桜輔の世話をするのが難しく、私か靖子さんのどちらかが常に二人のそばにいられるよう調整している。

「こんな日が来る気はしてたんだよね」

新しい生活が始まったばかりの頃、リビングで遊ぶ父子を横目に、靖子さんは声をひそめてため息を漏らした。

「古い会社なんだよ。いろんな意味で、社員に滅私奉公を求めるっていうかさ。土日に帰ってこないことも、しょっちゅうだったでしょう?」

私は頷《うなず》いた。晴仁さんは、休職以前は週に二度ほどのペースで仕事をやりくりし、桜輔のお迎えに行っていた。「子供を産んでも仕事を続けたいので、育児を分担して欲しい」と私が付き合い始めた頃に頼んだことを、守ろうとしたのだ。それでも朝の送りはすべて私だし、桜輔が風邪を引いたときに対応するのも私、行事への対応もすべて私で、子育ての分担が完全な平等にならないことを私は苦々しく思っていた。

晴仁さんの、週にたった二回のお迎えに対して「会社への配慮が足りない」「家の都合で早く上がるなら出世を諦《あきら》めろ」と難色を示す上司が多いとは、何度か聞いた覚えがあった。土日もよく急な接待や、トラブルへの対応で呼び出されていた。もともと男性が家庭で役割を持つことへの忌避感が強い会社で、だからこそ晴仁さんは、管理職への昇進を

「自分のやり方が上に認められた」と喜んだのだろう。私よりも七つ年上で、バブルが弾《はじ》けた後の就職氷河期世代に当たる彼は、百社以上の会社に採用を断られた末、かつて父親が役員を務めていた今の会社に縁故採用された。会社に対して、恩と引け目が入り混じった複雑な感情を抱いているように見えた。

「うちの人もちょうど晴仁と同じ四十手前で管理職になったんだけど、上からも下からも無茶を言われるって、ずいぶん苦労してたよ。白髪《しらが》がわっと増えて、血圧の薬も飲み始めて……それでも私らの頃は婦人交流会なんてものもあってね、家族ぐるみで会社と付き合ってお父さんをサポートするのが当たり前の時代だったから、なんとか乗り切れたけど。今は意識が全然違うからね。それぞれがそれぞれの仕事を一人でやりくりしてたんじゃ、家のことにも無理が出るし、そりゃ厳しいだろうって思ってたさ」

　靖子さんの声には、旧態依然とした会社への批判と、時代の変化への戸惑いと、病気になった息子への同情がにじんでいた。

「とにかく早く復帰するためにも、健康が第一だから。晴仁だけでなく、おーちゃんも、もちろん早百合《さゆり》ちゃんも体に気を付けてね。コンビニのラーメンもたまにならいいけど、基本はしっかり野菜とタンパク質をとって。どれだけ生活が忙しくても、ゆるがせにできない家庭の安心感ってあるでしょう？」

そして靖子さんが発するすべての感情には、ほんの一筋、もっと息子を大切にして欲しかった、という悲しみが混ざっていた。カウンセリングを通じ、昇進や異動に伴う環境変化のストレスがトリガーだったと晴仁さんは自己分析していたが、それでも家族のサポートがあれば乗り切れたのではないかと、同じ会社に勤めていた夫を支え抜いた靖子さんは感じずにいられないのだろう。

それどころか靖子さんの世代の人からすれば、私たちの世代の家庭は、ごく一般的な家庭とは認めにくいものなのかもしれない。朝食が菓子パンやコーンフレークなこと、夜七時まで子供を保育園に預けていること、月に二回ぐらいしか掃除機をかけないこと、脱いだパジャマが平気でリビングに落ちていること。靖子さんはその一つ一つに驚き、口ごもりながら、時々そっと意見を言った。五色の食材の話もその一つだ。思慮深く聡明《そうめい》なお姑《しゅうとめ》さんだと思う。

仕事の手を抜くことはできない。晴仁さんの復帰のタイミングが読めない以上、私はこれから一家の大黒柱として、家計を支えていかなければならない。

かといって晴仁さんのことも桜輔のことも、今まで以上に気を配らなければならない。夫の容体のこと、教育のこと、健康のこと、保育園のこと、将来のこと。考えることは無数にあり、しかもどれも追求すればキリがない。仕事をして、家事をして、桜輔の世話をして、晴仁さんに優しくする。一日のうちで意識のある時間をすべて、機能的に使い切る。

いつしか、持ち帰りの仕事を終えて、寝る前に強めの酒をあおる深夜の十五分間だけが、息を抜ける時間になっていた。ほどほどに酔い、食器とコップを片づけて、歯を磨いて寝室へ入る。ダブルベッドの真ん中で布団《ふとん》を蹴飛ばし、上下逆さの大の字になって眠る桜輔。壁際で背を丸めて眠る晴仁さん。両手でお腹を押さえている。薬を飲むと胃の辺りが気持ち悪くなって辛《つら》い、と言っていた。桜輔の体の向きを直し、頭の下に枕を差し入れ、二人の体に布団をかけ直す。

意識のない晴仁さんは愛《いと》おしい。白い部分がほとんど見えないくらい丁寧に切られた爪《つめ》も、真っ直ぐなまつげも、目尻のしわも、荒れた首筋も、布団の端からちらりと覗《のぞ》く、弾力のある丸いかかとも。桜輔が新生児だった頃に感じたのと同じ、抱え込んで守っていたくなるような慈《いつく》しみを感じた。二人の間に横たわり、晴仁さんの体に腕を回して薄いお腹をしばらくさする。

「それで、不倫?」

早百合さん安っぽいよ、と弦巻くんは軽やかに笑った。二回目の逢瀬《おうせ》で、もう彼は私を下の名前で呼び始めていた。

「ようするに逃げてるだけじゃないか。稼ぎのなくなった旦那に魅力を感じなくなったんでしょう？　旦那も、結婚しないで自由に仕事をしてれば病気にならずに済んだのに。結婚が人生の墓場だって本当なんですね」

歯切れの良い口調で、リズミカルな罵倒《ばとう》を投げかけられる。なのに怒りが湧かなかったのは、弦巻くんがやけにあけっぴろげに心の中を語っているように見えたからだ。

「ずいぶんきらいなんだね、結婚」

「きらいですね。なんのためにするのかよく分からない。でも、彼女がやたらとしたがるんです」

きっとこうした色恋や結婚観の話を、誰かと交わす習慣がなかったのだろう。気を許した弦巻くんはよくしゃべり、しゃべればしゃべるほど、私は彼への興味が急速に失われていくのを感じた。発言が不快だとか耳が痛いとか、そういうことではない。弦巻くんが持っている結婚や夫婦のイメージはあまりにステレオタイプで、大して意味のある言葉として私の耳に届かなかった。きっとこの子は、不貞行為をしておきながら私が今でもとても晴仁さんを愛している、という現象をまったく理解できないだろう。

しゃべり始めたら、弦巻くんは途端に分かりやすい存在になってしまった。あの、次にやるべきことで頭がいっぱいだった帰り道に、突如現れたスーパーボールのような混沌《こんとん》はもう彼の中に見当たらない。

「結婚したとか、子供ができたとか、僕たちは立派な人間ですって周りにアピールしてる感じが胡散臭《うさんくさ》くていやなんだ。きっと早百合さんみたいに、だらしない既婚者もたくさんいるのに」

「まあ、私のだらしなさは否定しないけど」

実際に自分でも驚いていた。不倫なんてハイリスクで無意味なこと、まさか自分がするわけないと思っていたのだ。不倫する独身の友人たちのことは「いいように利用されているのに分かってない」と苦々しく思っていたし、不倫する既婚者たちのことは「心が冷めているなら、さっさと離婚すればいい」と馬鹿にしていた。

そして今は、掃除が行き届いていないホテルの一室のサイドランプに積もった埃《ほこり》を見ながら、もう家に帰りたいと思っている。

夕飯代わりに頼んだルームサービスのマルゲリータは、先日のミックスピザと違って油っこいばかりで全然おいしくなかった。弦巻くんは半裸のまま、結婚がいかに非効率的で愚かな制度か、機嫌良く語り続けている。目の前にいる、それこそ既婚者の失敗例のような私にダメ出しするのが楽しくて仕方ないみたいだ。

「ああごめん、子供が熱を出したって。帰るね」

スマホを覗くふりをして下着を身につけ、三十分前に脱いだばかりの汗臭いシャツに袖《そで》を通す。鞄をつかんでホテルの部屋を出ようとすると、腰にバスタオルを巻いた弦巻くんに手をつかまれた。

「え、なんで帰るの！」

思いがけず焦った表情に、私の方が驚いてしまった。

「なんでって……誰でも、家には帰るでしょう？」

「だから、帰りたくないから俺を誘ったんじゃないの？」

「帰りたくないっていうか」

言われてみれば、なぜだろう。私は一度だけ事故のようなセックスをした後輩から、一体なにを得られると思ってこの部屋に来たのだろう。会社の最寄り駅から、山手《やまのて》線をぐるりと回って反対側へ。わざわざ人目を忍んで訪れた今日のホテルは、黒を基調にしたモードな雰囲気だった。

「……ピザが食べたかったから？」

ピザ？　と弦巻くんは眉を浮かせて聞き返す。

「でも、ここのはあまりおいしくなかったし、もういいんだ。ごめん。明日、また会社でね」

つかまれた手をほどき、あっけにとられた様子の弦巻くんを置いて部屋を後にする。エレベーターを待つ間に、腕時計を確認した。早めに出たおかげで、少し残業したぐらいの時間で済んだ。

家に帰ると、パジャマ姿の晴仁さんは相変わらずダイニングテーブルで資格試験の参考書を読んでいた。

「おかえり」

「ただいま、あれ、お義母さんは？」

「明日、マンションの掃除当番だとかで、桜輔を寝かせて帰ったよ」

あとでお礼の連絡をしなければならない。文面を考えつつ椅子に座って、窮屈なストッキングを脱ぎ捨てる。

なんとなく頬の辺りに視線を感じた。

「なに？」

「いや、なんでも……ああ、ピアスしてないなと思って。落とした？」

「あ、ううん。最近新しいピアスを買ったら材質が合わなかったのか、かゆくなっちゃって外してたの」

そっか、と穏やかに頷き、晴仁さんはまた真面目な顔で参考書に目を落とす。

「勉強の調子、どう?」

「うん、まあまあ」

そっか、と今度は私が頷く番だった。

「あまり根《こん》を詰めて無理しないでね。今はゆっくり心と体を休める時期なんだから」

「分かってるよ。でも、正直こういうのを眺めていた方が落ち着くんだ。結局僕は、管理職には向いてなかったってことなんだろうな」

六ヶ月の休職期間が終わったら、晴仁さんは元いた部署への異動を願い出るつもりでいた。新しく資格を取って技術を磨き、また一からやり直す気でいるらしい。そうなれたらいい。別に偉くなんてならなくていいから、楽しそうに働いている晴仁さんに戻って欲しい。

だって、これから一人でずっと生活費と教育費と保険と年金とローンを払い、折れることを決して許されずに家計を支え続けるなんて、怖すぎる。私が折れたら、この愛しい家族が不幸になる。そんな想像は、これまでに見聞きしたどんなフィクションよりも重くて、暗くて、恐ろしかった。平等な育児負担を求めてきたにもかかわらず、私は心のどこかで稼ぎ手のメインは晴仁さんで、私はサブだ、と生活の責任を彼に被《かぶ》せていた。年齢の差や年収の差も、意識に影響したのかもしれない。でも、稼ぎ手として平等であることを主張しながら、今までにたった一度もメインの稼ぎ手となる自分を想像したことがなかったのは、きっととても不平等なことだった。

晴仁さんは、そんな私の不安を見透かしているのだろう。体調が良いときにはずっと、現場復帰のための勉強を止めない。それを申し訳なく思うし、ありがたくも思う。

熱いシャワーを浴びながら、立派な人間、と弦巻くんが吐き捨てるように言った声を思い出した。立派、その通りだ。結婚すると私たちは「立派」を積み上げ始める。家を買ったり、子供を産んで育てたり、立派な人間でないと達成や維持が難しいことに手を伸ばす。一人ではできないことを、二人でやろうとする。積み上げた「立派」を守るため、いろんな役割をこなす。私も稼ぎ手になり、母になり、妻になり、必要に応じて女にもなる。でも、生田早百合というなに一つ立派でない個人は、家庭で必要とされる瞬間がない。

晴仁さんは今、本当はなにを考えているのだろう。

桜輔を抱き上げるときの笑顔も、私に気をつかっているときの微笑みも、すぐに瞼《まぶた》に浮かぶのに、生田晴仁がどんな人だったか、思い出せない。

結婚して、もう十年。いろいろなことを忘れてしまった。お湯を吐き出すシャワーの細かな穴を、じっと見つめる。

時々、あのピザが無性に食べたくなった。

長い会議の最中に、もしくは、桜輔の手を引いて保育園に向かう途中の交差点で。チーズがとろんとしたたり落ちる、不健康で頭が悪くなりそうな、大した栄養のないピザを頬ばりたくなった。もちろん弦巻くんと別れた日に食べたまずいマルゲリータじゃない。あのなにもミックスされていないミックスピザだ。

打ち合わせの帰りに時間を作って、一人で例のマーライオンがいるホテルに行ってみた。二時間の休憩コースで部屋を借り、ミックスピザを注文する。

平たい紙箱に入れて届けられたピザは、確かにあの日と同じ姿だった。数粒のコーンと、紙のように薄いタマネギ、四枚のサラミ、そしてとろんとろんのチーズ。

一口頬ばる。甘味と酸味のバランスが取れたトマトソースと、モッツァレラを連想させる噛《か》み応《ごた》えのあるチーズが口の中で気持ちよくほどけていく。このピザを作っている冷凍食品の会社は、良い仕事をしている。

確かに、おいしい。これよりもおいしいピザはこの世に山ほどあるけれど、大したことのないラブホの一室で、リラックスして食べるチープなピザはすごくおいしい。子供の頃、親に内緒で押し入れに持ち込んだ背徳的なお菓子の味に似ている。家の押し入れ、神社の境内《けいだい》、学校の空き教室。様々な、人が滅多《めった》に来ない静かな暗がりで、私はとても自由だった。

午後の会議まで、まだ時間がある。スマホのアラームを二十分後にセットして、シーツにごろりと寝転がった。深く息を吐き、目を閉じる。

暗がりを、晴仁さんと歩いたことがあった。

婚活サイトで出会って、三回目ぐらいのデートのときだ。私たちは鎌倉《かまくら》にいた。銭洗《ぜにあらい》弁財天《べんざいてん》だったか、とにかく駅の周辺から離れた、とある神社に向かおうとしていた。観光案内の本に記された小さな地図を頼りに細道をくねくねと曲がり、坂を上り、橋を渡り、気がついたら木漏《こも》れ日が差す薄明るい山の中にいた。

「こんな山の中……では、ないよねえ」

地図を手にした私は、背後を歩く晴仁さんへ振り返って言った。晴仁さんはじんわりと口元に笑みを広げながら頷いた。

「たぶん、ないねえ。こんな草ぼうぼうの参道すらない山の中にあったら、それは狐《きつね》か狸《たぬき》向けの神社だよ」

「ああ、もう、ごめんなさい。引き返しましょう」

「そうしましょうか。足元、気をつけて」

二人分のかすかな足音と、葉擦《はず》れの音、お互いの息づかいしか聞こえない静かな山道を手をつないで歩いた。季節は初夏で、少し汗ばむくらいの陽気だった。時々生《お》い茂《しげ》った木々の向こうに、明るい日差しに照らされた鎌倉の町が見渡せた。

「なんだか冒険みたいだね」

無駄足を踏ませてしまったにもかかわらず、晴仁さんはずっと楽しそうだった。

結局、二時間かけても目当ての神社には辿り着けなかった。運悪くタクシーもつかまらず、歩き疲れた私たちは神社に行くのを諦め、観光客がほとんど見当たらない生活道路の途中で目についた小さな茶屋に入った。ひらがなで白く「くず」と染め抜かれた藍染《あいぞ》めののれんをかけた、ひっそりとした佇《たたず》まいの店だった。

薄暗い店内に他の客の姿はなく、エプロンを着けた無愛想な中年女性が席の一つに腰を下ろして、カウンターに置かれた小さなテレビを眺めていた。私たちは四人がけのテーブル席につき、とにかく冷たいものを喉に通したい一心で、それぞれアイスグリーンティーと葛切《くずき》りを注文した。

「すっかり迷惑をかけちゃって……」

神社に行きたいと言い出したのも、地図を手に先導したのも私だった。平謝りをすると、晴仁さんはまあまあと穏やかに言った。

「いいじゃないですか、山の中もきれいだったし、あれだけ迷うと本当になにかに化かされたみたいで、かえって面白かったです」

「いやあ、ダメな案内人で、ほんとすみません……」

無愛想な店員がアイスグリーンティーと葛切りを運んできた。青白い葛切りは竹を輪切りにした深い器に氷水に浮かべて盛られていて、見た目からして涼しげだった。小鉢の黒《くろ》蜜《みつ》に浸《ひた》して、つるりと吸い込む。

「あれ、これやたらとおいしいですね」

先に口にした晴仁さんが素《す》っ頓狂《とんきょう》な声を上げた。冷たくてなめらかなかたまりが、火照った喉を通って胃の底へとすべり落ちていく。深い深い心地よさに、テーブルの下で爪《つま》先《さき》がぶるりと震えた。私たちは夢中で葛切りを食べ、アイスグリーンティーを飲み、すっかり満たされて店を後にした。

不思議なことに、神社へ行こうとしたらあんなに迷ったのに、鎌倉駅へはなんの問題もなく帰り着くことができた。

一体いつから化かされていたんだろう？　あの葛切り屋は本当に実在していたのだろうか。もう一度行こうとしても辿り着けないんじゃないか。帰りの電車に揺られながら、そんなことを楽しく言い合った記憶がある。

「まあ、なんでもいいじゃないですか。早百合さんと冒険するのは楽しかった。それは一緒に生きていく上で、一番大切なことだと思う」

晴仁さんは照れた風に首筋を掻きながら言った。それが、初めて伝えられた告白だった。

アラームの音が聞こえる。夕暮れの横須賀線《よこすか》が遠ざかる。目を開くと、天井に吊《つ》るされたラタン素材の照明が見えた。鎌倉の山ではなく、アジアンテイストな都内のラブホテルの一室で、私は相変わらず迷子になっている。そして今頃自宅のダイニングで参考書を開いている晴仁さんも、きっと。

アラームを止め、近くの鏡で寝癖を直し、私は足早に部屋を出た。

ゴールデンウィークは、それぞれの実家に数日ずつ泊まることにした。私も晴仁さんも憔悴《しょうすい》していて、行楽地に出かける余力がなかった。幸いなことに両親たちは私たちの状況を案じ、快く迎えてくれた。

私の実家に泊まって二日目の昼、両親が桜輔をデパートに連れて行ってくれたため、晴仁さんを誘って外へ出た。

「どこに行こうか。たまには映画でも観る？　それとも、ゆっくり散歩でもしようか」

体調のせいか、それとも加齢のせいなのか、昔よりもふわふわと心もとない歩き方をする晴仁さんと手をつなぎ、私は繁華街を目指した。途中のコンビニで飲み物とお菓子と、肉まんと唐揚げとデザートを買う。なるべく二人が好きなものを、我慢せずに買った。

「なに、ピクニックでもするの？」

目を丸くする晴仁さんを連れて、深いパープルの看板に金文字でホテルの名前が書かれた、過剰にラグジュアリーな外観の建物の前で足を止めた。すぐにそこがラブホテルだと分かったのだろう。晴仁さんは戸惑った様子で眉を寄せ、体を引いた。

「悪いけど、ちょっと」

休職する少し前、恐らくもっともストレスが溜まっていた頃から、晴仁さんは性行為をするのが難しくなっていた。それもまた扱い方の難しい問題として、私たちを隔てる藪《やぶ》の一つになっていた。

でも私は今日、晴仁さんに男を求める気はない。夫でも、父親でもなくていい。

「違うの。ちょっと、二人でピクニックしよう。他に誰もいない場所で、二人きりでごはんを食べて、同じベッドでだらだらしたい」

晴仁さんはゆっくりとまばたきをして、少し眩《まぶ》しげにホテルの建物を見上げた。

受付で、なるべく高層階の部屋を借りた。鍵を渡された七階の部屋は、周囲にそれほど高い建物がないせいか窓に覆いがなく、草色のカーテンの隙間《すきま》から白い日差しが入っていた。

持参したコンビニの袋をサイドテーブルに置き、ダブルベッドの端に座って腕を開くと、晴仁さんはのろのろと体を預けてきた。抱きしめて、そのまま横向きに寝転がる。静かだった。うっすらと、上空を通る飛行機のエンジン音が聞こえた。目線を少し下げた位置に、まばたきで上下する晴仁さんのまつげが見える。

結婚した当初から、業務に応じて必要になった様々な資格の勉強をする晴仁さんの姿を、繰り返し見てきた。彼が使う参考書はいつも、定規《じようぎ》を使った几帳面《きちようめん》なカラーペンのアンダーラインと欄外の書き込みで、すべてのページが咀嚼《そしやく》し尽くされていた。だけど最近開いている参考書のページは、一文字の書き込みも色もなく、新品同然にまっさらなままだった。きっと、晴仁さんは読めていない。本当は、仕事に関する文章のたった一行すら、読み取れていないに違いない。でもそれを隠していた。認めたくなかったのか、私を気づかっていたのか、本当のところは分からない。晴仁さん自身も、分かっていないのかもしれない。ただ、私はもう少しで不倫に重ねて更に大きな、取り返しのつかない間違いを犯すところだった。楽観的な地図の見方で、当てずっぽうで道を曲がって。

「あのね」

ぽつりと切り出す。また、黒々としたまつげが音もなく上下する。

「マンション、手放したっていいと思うんだ」

晴仁さんはなにも言わない。私は続けた。

「今の、どんな状況も、私と晴仁さんが生きやすいように変えてしまって、いいと思うんだ。想像していた行き先と変わっても、山の中に迷い込んでも。二人で楽しもうって、そういう風に私たちは始まったんだから。覚えてないかも、しれないけど」

覚えてる、と小さく応じ、晴仁さんは目を閉じた。腕の中で、肉が落ちたとシャツ越しでもありありと分かる痩《や》せた背中が細かく震えた。

「二人で歩き続けよう。迷っても、怖くなっても、ずっと一緒にいたい」

口を動かしながら、私の体も細かく震えた。久しぶりに外回りに同行した際、さりげなく弦巻くんから耳打ちされた言葉がよみがえる。なかったことになると思うなよ。怒りと加害欲が複雑に絡み合う、湿った声だった。あの木漏れ日が差す山を歩いていたときに比べて、私たちの足はなんて重くなったんだろう。決して落とせない宝物を背負い、疲れ、病を得て、無数の問題を引きずり、死ぬまで口にできない弱味まで抱えた。荷は増え続けるだろう。それでも、二人で行く。冒険は続いている。

さなぎから羽化《うか》をする昆虫のように、私たちは細かく震え続けた。手足を絡め、鼻先をお互いの髪にうずめ、男でも女でも、父でも母でも、夫でも妻でもない混沌としたものに還《かえ》っていく。

短く眠って目を覚ましたら、きっと生まれ変わっている。そんな予感に、瞼を落とした。

ポタージュスープの海を越えて

導入されたばかりの新型車両には、明るいシルバーの塗装が施されていた。

車体は丸っこく、朝の光を受けて白銀に輝くさまがほのかに繭《まゆ》を連想させた。大きく作られた窓越しに、幅の広い萌葱色《もえぎいろ》の座席が並んでいるのが見えた。土曜の朝だけあって、二列の座席を向かい合わせにした家族連れや、カップルらしき二人連れがぎっしりと席を埋めている。みな、この特急の終着駅にある温泉街に向かうのだろう。

指定券の座席番号を確認しつつ、人の流れに乗って車両に入る。ほとんどの席が埋まっている中、車両の真ん中に通路側がぽかりと空《あ》いた二人がけの席と、その窓側の席から片手を上げて私を招く珠理《じゅり》の姿を見つけた。

「ひさしぶり」

呼びかけに、珠理は「んふふふふ」と幸せそうに鼻を鳴らした。光沢のある薄紫色のロングスカートに柔らかなシルエットのブラウスを合わせ、化粧もばっちりした今日の彼女からは、いかにも生活に余裕のあるおしゃれマダムっぽい雰囲気が醸《かも》し出されていた。間違っても深夜零時に「夜泣きした下の子を抱っこで寝かしつけてたら、ヤキモチ焼いた上の子がぐずって起きて、それから二人とも全然寝ないんだけどなんだろうこの地獄」といったメッセージを、号泣している猫のスタンプと一緒に送りつけてくるほど窮《きわ》まった日々を送っている人には見えない。

数年前から着続けている洗いざらしのシャツワンピースにジーンズという適当な格好の私は、席に座り、持参したトートバッグから冷え冷えのビールを二缶取り出した。

「待ってました！」

車掌のアナウンスとともに特急列車が発進し、窓越しの景色が流れ始めた。手にしたビールのプルタブを起こし、缶に口をつけてぐっとあおる。よく冷えた炭酸が、金色の流星群さながら喉《のど》をすべり落ちていく。

「午前中からビールだよ……」

思わずため息を漏らすと、隣の珠理が何度も頭を上下させた。

「やばいねーたまんないねー」

「今日は一切、ややこしいこと考えない」

「オッケー。世界一ばかな飲んだくれになろう」

んふんふ、んふふ、と妖怪っぽく笑い合う。特急列車はまだ目覚めたばかりの町を走り抜け、秋の山へと入っていく。

今は妖怪になっているけれど、普段の私たちはとても平凡な人間だ。私はスポーツ用品を販売する会社に勤め、珠理は保育士をしている。二人とも、保育園の年中クラスに通う子供を育てている。珠理は昨年、更にもう一人女の子を産んだ。

遠くへ行きませんか、と誘ったのは私の方だった。

保育園に息子を迎えに行った帰りのスーパーで、気がつくと同じ鶏肉を十回近く、手に取っては棚に戻しを繰り返していたのだ。

もも肉のぶつ切り。うーん、唐揚げ。唐揚げならとりあえず夫も息子もぱくぱく食べる（手に取る）。でも二日前も唐揚げだったな（棚に戻す）。いや、とりあえず買って冷凍しておけば、仕事で遅くなった日に買い出しに行かないで済む（手に取る）。かっちかちの鶏肉って使いにくいから、食材に困った日の保険にするならベーコンとかの方がいいんじゃない？（棚に戻す）。でも安いし特売だし、唐揚げ以外の料理……煮物とかにすれば、根菜やきのこも一緒に食べさせられる（手に取る）。いやいや煮物にしてもあの子は肉だけ拾って食べちゃうし、今日はそれを注意したり宥《なだ》めたりする気力もない。野菜を食べさせるならもっと、例えばお好み焼きとかさ、そういう肉と野菜が一体化していて丸ごと食べざるを得ない料理の方がいいって（棚に戻す）。カレーは？　カレーはどうよ！　野菜はみじん切りにしてさ、バターを効かせれば二人とも勢いよく食べるんじゃない？（手に取る）。え、今から帰ってカレー煮込むの？　マジで？　もう寝かしつけの時間まで二時間切ってるのに？（棚に戻す）。

幾度となく手元と棚を往復させるうちに、鶏肉を覆うラップに浅く指の跡が付いてしまった。使い道のプランは立たないまま、観念してそれを買い物カゴに入れる。

そしてふと、カゴの中身を見て驚いた。

あれこれ考えながら店中を駆け回って集めた、三日分の肉、魚、野菜、冷凍食品や調味料。それらの中に、私の食欲をそそるものは一つもなかった。もちろんそこに入っている鶏肉や、小松菜や、しめじや、冷凍うどんに落ち度は微塵《みじん》もない。しかし、こんな風にして食べたい、というイメージがまるで湧いてこないのだ。

もしかして、ちょっと疲れてるんだろうか。

「ママ、あっちにタッくんがいたよ！　行こうよねえ、タッくーん！　タッくんタッくんタッくん！」

同じ店内で保育園のクラスメイトを見つけたらしい息子は今にも駆け出しそうだ。その頭を軽く抱えて引き留める。

「ユウくんあのね、お夕飯になに食べたい？」

目を丸くした息子は、タッくんコールをぴたりと止めて十秒ほど考え、ひまわりのような笑みを浮かべた。

「えっとね、えっとね……ホットケーキ！」

余計なことを聞くんじゃなかった。急に疲れを自覚して主菜を作る気力がなくなり、ショッピングカートを押して総菜コーナーへ向かった。ホットケーキ、ホットケーキ、とすっかり頭がホットケーキモードになってしまった息子に、甘いものは夕飯にならないよ、と言い聞かせつつ棚を物色し、なんかもうこれでいいやと一番手頃だったコロッケをカゴに入れる。揚げ物ならキャベツが必要だなと野菜コーナーへ向かい、ああでもこの子は生のキャベツほとんど食べないわーあ、と一瞬ぐらつき、結局残り物の野菜を入れた卵スープを添えることにして、ようやく今日の夕飯が決定する。

「お、今日はコロッケ？」

残業で帰宅が遅くなった夫は、テーブルにラップをかけて残しておいた千切りキャベツとコロッケの皿を見て声を弾《はず》ませた。

「うん、時間なかったから、スーパーの」

「まったく問題ないですとも。大変なときは買っちゃえばいいんだから。それじゃあ、いただきます」

夫は自分でコロッケとごはんを温め、野菜スープの小鍋を火にかける。私の夫は、いい人だ。椅子《いす》からこまめに立ち上がることを厭《いと》わない。洗い物だってやってくれる。

でも、問題ないって言い方はまるで、問題があるかないか、決める権限は彼にあるみたいじゃないか？

いや、こんな些細《ささい》な言葉尻が引っかかるのは私が消耗しているからだ。明日の会議で使う資料もまとめ終わってないし、すぐに返事を出さなければいけないメールが溜《た》まっている。そして来週は保育園の役員会で、前の役員からの引き継ぎが上手くいかずにごたごたしている案件について話し合わなければならない。

六個で五百円のコロッケはそれほどおいしくなかったし、野菜スープもまずくはないけどうまくもない感じで、いまいち精彩を欠いていた。息子はスープのほとんどを残し、口を開けなさいと叱《しか》って、なんとか三口だけ食べさせた。

この、誰が喜んだわけでもない漠然とした夕飯はなんだったんだ。

気がつくとスマホを手に取って、珠理にメッセージを送っていた。

『遠くへ行きませんか』

珠理からの返事は、ほんの三十秒で返ってきた。

『行くー！　行きましょうぞ！』

最近流行《はや》りの、下ごしらえをした食材をすべて耐熱容器に入れ、レンジでチンするだけで出来上がる料理を作ったところ、その場に居合わせた実の母親から「まあ、自分一人のときならいいけどね」と微妙な釘を刺されたらしい。

「家族には手間と時間をかけた料理を出して当然、って平成を飛び越えて昭和じゃなーい？」

乳白色のお湯に肩まで浸《つ》かった珠理は、あひるのクチバシさながら唇をとんがらせて言う。ひょうきんなスタンスはいつも通りだけど、誘いに即座に反応しただけあって、彼女も疲れが溜まっているようだ。ここの温泉は温度が低めで、長風呂をしてもあまり辛《つら》くならない。私はとろっとした湯の中で足をマッサージしながら相づちを打った。

「私たちの世代って実の母親と意見が合わなくて苦労する人、多い気がする」

「家族観や仕事観が大きく変わって、お互いになにを言ったらいいか分かんないんだよね、きっと。まあ、一家で風邪《かぜ》を引いたときとか、助けに来てくれるのはありがたいけどさ」

そこで唐突に、珠理はじっと私の目を見つめた。

「どうしたの？」

「ううん。素子《もとこ》のお母さんは頭が良くて、進んでる感じの人だったなーって」

「ああ……どうかなあ」

そこで、分かった。たぶん珠理は数秒前まで、私の母親がとっくの昔に亡くなっていることを忘れていたのだ。変に気をつかわせてしまったらしい。

「たぶん生きてたら、珠理のところと同じで、いろんな喧嘩《けんか》をしたと思うよ。お互いのことが、よく分からないで」

「そう？　すごく教育熱心で、素子の将来を考えてる人だって、うちの母親経由で聞いた覚えがある」

「あの人は……うーん、たぶん自分がいなくなった後のことを想像してたから、私の成績を上げて、公務員にして、安心したいって思ってたんだよ」

「いいお母さんじゃーん」

「いやあ、口を開けば勉強しろってそればっかりで、病状が進むほど辛さで性格もきつくなっていったし……あんまり一緒にいて居心地のいい人ではなかったかな」

「そっかー」

私の母親は三十代の初めに癌《がん》を発症し、十年近く闘病して亡くなった。彼女が亡くなったとき、私は中学生で、葬式には当時同じクラスだった珠理も参列してくれた。

式後に会場の入り口まで見送りに出ると、制服姿の珠理はべそをかきながら私の体を強く抱きしめた。そういう激しい反応なしに、幼い私たちは目の前で起こる様々な出来事を受け入れることができなかった。「いいお母さんだよ」と食い下がるでもなく、「辛かったね」と不必要にいたわるでもなく、「そっかー」と大雑把《おおざっぱ》に受け止めてくれる珠理は、大人になったのだと思う。

入浴を終え、利用客に貸し出される浴衣《ゆかた》に着替えて割り当てられた部屋へ戻った。荷物を置いた和室で思い思いにスマホをいじり、スキンケアをし、窓から山の景色を眺めていると、作務衣《さむえ》姿の女性が大きなお盆にのせた昼食を運んできた。私たちが選んだのは日帰り入浴ランチ付きのプランで、入浴後にこうして個室で食事をとることができる。

ランチは、すっかり秋の風情《ふぜい》だった。茗荷《みようが》や生姜《しようが》、大葉におろしにんにくなど、薬味をたっぷり添えた鰹《かつお》のたたき。海老《えび》、帆立《ほたて》、舞茸《まいたけ》、ししとうの天ぷら。きのこと鮭《しやけ》の茶碗蒸し。食用菊ときゅうりの酢の物。茄子《なす》のお新香《しんこ》。栗《くり》のポタージュスープ。デザートには、水ようかん。

茶碗蒸しとポタージュスープかな、ととっさに頭が動き、いや今日は子供に食べさせなくていいんだ、と数秒遅れて混乱する。欲しがられた場合に備えて刺身を残しておく必要も、熱くて食べられないと言われる前に茶碗蒸しを崩して息を吹きかけておく必要も、ない。

冷たい梅酒で乾杯し、そっと料理に箸《はし》をつけた。

ざくざくと奥歯で砕ける薬味の涼気が、ししとうのほのかな辛《から》さが、食用菊の風味と歯ごたえが、突風のように口の中で吹き荒れた。

うっわおいし、と思わず呟《つぶや》く。卓の向かいに座る珠理は「秋だねえ、素晴らしいねえ」と嚙《か》みしめるように言った。

「家族の味の好みとか、栄養とか、生野菜を食べる練習をさせなきゃとか、そういうことばかりジグソーパズルみたいに考えてたら、自分がなにを食べたいかぜんぜん分からなくなってた」

青味の深い茄子のお新香を口に放り込んで言う。茶碗蒸しをひと匙《さじ》、慎重にすすり、珠理は何度も頷《うなず》いた。

「家庭の食卓って、忖度《そんたく》の積み重ねでできてるよね。自分がこれを食べたい、以外の理由で組み立てた料理を毎日作り続けるって、考えてみると結構クレイジーだよ。しかもそうして作った料理を、家族が喜ぶかっていうと微妙なわけだし」

「ああ、確かに子供の頃、そんなには食事を楽しみにしてなかったな……」

よほどの空腹時はともかく、遊んでいるときや漫画を読んでいる最中に「ごはんよー」と呼ばれ、うれしさよりも先に面倒くささがふわっとよぎった覚えは幾度となくある。料理を作る側からすれば腹の立つ話だが、作られる側は作られる側で、まったく違うことを感じて生きていた。

子供の頃を思い出しながら、薄いクリーム色のポタージュスープを舌に広げる。なめらかで、濃厚で、甘さに奥行きがある。

「実は私、母親の料理をほとんど覚えてないんだ。子供の頃は焼きそばとかグラタンとか好きだったから、そういうのは作ってくれてたと思うんだけど……唯一覚えてるのが、ある日、味噌汁《みそしる》にズッキーニが入ってて、それで、お母さんズッキーニはないよーって文句を言った。はっきり覚えてるのは、それだけ」

「えー、なんでいきなりズッキーニ」

「体調が悪くて買い物に行けなかったとか、そんな理由じゃないかな。そう思ったのは亡くなった後だけど」

今なら夏野菜を入れたおしゃれな味噌汁もいろいろあるが、あの頃はまだ葱《ねぎ》とか豆腐とかわかめとか、王道的な味噌汁ばかりだったから、なおさらインパクトが強かったのだろう。

「だから母親の好きな食べ物とか、知らないんだ。体調が悪いなら出前でも取ればいいのに、残り物のズッキーニで無茶な味噌汁を作っちゃうくらい、こう……形を守るっていうか、母親らしいふるまいを崩そうとしない人だったから。普段の食卓も、栄養とか、月の食費とか、私や父親の好みとか、そんな忖度ばかりだったと思うんだよね。あの人がはしゃいでなにかを食べていたって記憶が、ぜんぜんないもん」

「んー……そういえば私も母親の好物、知らないな。ちゃんと考えたことなかった」

梅酒を飲み終えた珠理は、瓶ビールをグラスに注いでぐいぐい飲んだ。唇の上に残った泡をおしぼりで拭《ふ》いて、続ける。

「きっとそういうものなんだよね。元気で、ちょくちょく顔を合わせてるうちは改めて聞くのも照れくさいし、そもそも知ろうと思わない。でもそうして過ごすうちに、一緒にいる時間は終わるんだ」

珠理の飲みっぷりにつられ、私も小さなグラスにビールを注いだ。グラスの半分くらいまで、一息に喉を鳴らして飲む。

「それ、うちらの子育てにも言えることだよね。ホットケーキとか、ラーメンとか、オムライスとか、息子の好物はいくらでも知ってる。夫の好物も。でも、私の好物をきっと二人は知らない」

そもそも二人が知っているいない以前の話として、自分でも食べたいものが分からなくなるのだから、真面目に妻や母親をやりすぎるのも考えものだ。私の母親も、自分の好物なんて忘れていたのではないだろうか。

いくらか酔いが回ったらしく、珠理は眠たげな目をとろりと細めて微笑《ほほえ》んだ。

「素子は、今でもちょっと寂しい？」

「うーん」

「親として接してもらうより、もっとお母さん自身のことを覚えておきたかった？」

「……でも、そんなことを考えるのは、私が大人になったからだよ。子供の頃はもっと、毎日食卓に出てくる料理を、食べるのに見てない、みたいな、とろーんとした無感覚の中にいた。親への興味なんて、なかったんだから、仕方ない」

どうしようもないことを言っている、と分かっている。匙の上でぽったりと盛り上がった栗のポタージュスープを口へ運ぶ。執着しているのに、他人として認識できない。無感覚の海は、きっとこんな甘くなめらかな味わいだったに違いない。

「その無感覚の中にいるのが子供だよー。素子のお母さんは、むしろ素子が子供でいられる時間を守りたかったんじゃないかね。悩み事があると色々考え始めるから、そういう子はクラスでもすぐに分かるよ。あ、なんか大人になってきてるなって。まあそれだって、いろんな人生があるってこーとーだーけーどー……」

しゃべりながら珠理はのそのそと畳を這《は》って、和室の隅に置いてあったハンドバッグに手を伸ばした。財布から、半分に折られた薄ピンク色の短冊っぽいものを取り出す。

「あった。あげる」

「なにこれ？」

「先月の誕生日に、上の子がくれたんだ」

折り紙を半分に切ったようなその紙には、黒く擦《こす》れた鉛筆書きで、なんでもねがいがかなうけん、と書かれていた。大きさも向きも不ぞろいな、子供らしい字だ。

「これを出されたらすぐにお片づけをするとか、お手伝いをするとか、そういうニュアンスで作ってくれたんだと思うけど、すごくない？　なんでも願いが叶《かな》うんだよ？」

「てか、こんなに大事なもの、もらえないよ」

「いいのいいの。まだ家に三枚あるから、とっておいて。その、とろーんとした無感覚の中にいる人にしか作れない、魔法の券だよ。いいことあるかも」

ありがとう、と礼を述べて、しげしげと手にした券を見つめる。

なんでもねがいがかなうけん。

頭の中で復唱すると、瞼《まぶた》の裏に白い海が広がった。生温かい、無感覚の海。

食事の間に、私たちは梅酒の他、ビールの中瓶と日本酒二合を空《から》にした。いい気分で、和室の利用時間が終わるまで、三十分ほど横になってくつろぐ。

「あ、そうだ。忘れないうちに」

私はトートバッグをたぐり寄せ、珠理に頼まれていたホイッスルのサンプルをテーブルにのせた。保育園で使っているものが壊れたとかで、最近の売れ筋商品が見たいと頼まれていたのだ。

金属のもの、プラスチックのもの、中に玉が入っているオーソドックスなもの、細長いもの、カラフルなもの、シンプルなもの。五つほどおすすめを並べると、珠理は和室の窓を開け、目の前の山へ向かって一つずつ、ピー、ピー、と吹き鳴らした。

柔らかい笛の音は山の稜線《りようせん》をひらりと撫《な》で、遠く遠くへと伸びていった。

特急列車が停車する駅から山裾《やますそ》の温泉施設までは、三十分に一本の間隔でバスが出ている。徒歩でも十五分くらいなので、私たちは来るときは散歩がてら歩いてきた。帰りは、お酒も入っているのでバスを使おうと相談していた。

施設の目の前のロータリーが、まるでポタージュスープを張ったような白い海になっているのを見るまでは。

慌ただしく行き交う施設の職員によると、温泉のお湯が漏れたらしい。ただ、付近一帯が冠水しているため、漏水《ろうすい》元が分からない。そもそもここはそれほど湧出量の多い温泉ではないのに、としきりに不思議がっていた。

バスは動かせない、と職員は申し訳なさそうに肩をすくめ、私たちにビーチサンダルとハンドタオルとビニール袋を貸してくれた。靴と靴下は脱いで袋に入れて持ち運び、サンダルとタオルは駅に設置した段ボール箱に入れてください、とのことだった。駅は少し高い位置にあるので電車は動いているし、危ない場所には職員が立っているので大丈夫です、どうかお気をつけて。そんな声に見送られ、ビーチサンダルに履き替えた私たちは、それぞれがスカートをたくし上げ、ジーンズの裾を折って、膝《ひざ》には届かない深さの海へ踏み出した。

「こんなことがあるんだね」

「足湯の中を歩いてるみたいで気持ちいーい」

まだ酒が残っているのだろう珠理は鼻歌交じりで進んでいく。

施設の周りには人がたくさんいたけれど、市街地に入ると途端に人の気配がなくなった。危ない場所に立っているという職員の姿もない。空き地なのか、畑なのか、駐車場なのか判然としない、のっぺりとした白い海がただひたすら広がっている。

「みんないないね」

「漏水元が分からないって言ってたから、探してるのかな」

少し心細くなって見回せど、空き家らしき家も多く、商店はすべてシャッターを下ろしている。私たちの他に、通行人の姿はない。

そんな風に景色が一変していたものだから、どこかで道を間違えたらしい。目印にしていたガソリンスタンドの看板が見つからず、私たちは駅の方角を見失った。

「困ったねー」

「一度、施設まで戻ろうか」

「ちょっと待って、地図アプリを見てみる」

長いスカートを大胆にたくし上げ、裾を結んでミニスカートにした珠理は、スマホを確認して顔をしかめた。

「圏外になってる」

「通信障害？」

「かなあ。あと、山間部だから、もともと電波が届きにくいのかも」

「うーん」

本格的に行き詰まってしまった。なにか役に立つものはないかと、自分のトートバッグを確認する。

「こういうときこそホイッスルじゃないですか」

「なるほど」

珠理には先ほど彼女が気に入っていた丸みのあるレモンイエローのホイッスルを渡し、自分は開発に携わったシルバーの細長いホイッスルを口にくわえた。

二人で歩きながら、ピー、ピー、と吹き鳴らす。人の話し声も、電車の音も、生活音と呼べるようなものはまるで聞こえない。ぬるま湯に浸《ひた》った町へ、澄んだ笛の音が響き渡る。

ピー、ピー、ピー、ピー。

なんだか助けを求める雛鳥《ひなどり》にでもなった気分だ。

「あ、なんか聞こえる」

ぴーゆ、と私たちの音色よりも幾分弱い、だけど確かに意志を感じる口笛の音色が町のどこかから返ってきた。時々聞こえるそれを頼りに、辻《つじ》を曲がり、路地を抜ける。ぴーゆ、ぴい、ぴい。柔らかみのある口笛は、年季の入ったクリーニング店の二階から聞こえた。店舗にあたる一階のシャッターは閉まっていて、二階のベランダに、紺のTシャツに花柄のステテコパンツを合わせた初老の女性が立っていた。私たちを見つけ、手を揺らす。

「なにか困ってるのー?」

「すみません! 駅に行こうとして、迷っちゃって」

「駅はこっちじゃないよー。お湯が引いた後に行った方がいいよ。横の階段から上がっておいでー」

女性はそう言って、建物の側面に設置された外階段を指さした。遭難者が島に辿《たど》り着いたような気分で、私たちは彼女の家に上がった。

二階は、ものの少ない整頓《せいとん》された部屋だった。八畳の和室に箪笥《たんす》とテレビ、ちゃぶ台が置かれ、部屋の隅には布団《ふとん》が畳んである。きっと女性は、この一部屋だけで生活しているのだろう。

「ズボンとスカート、濡《ぬ》れて気持ち悪いでしょう。洗濯しておくよ」

風呂場を借りて足を洗うと、女性は私と珠理にゆるめのハーフパンツを貸してくれた。ありがとうございます、と礼を言ってそれに着替え、和室の適当な位置に腰を下ろす。ふいに、強い眠気が押し寄せた。酒が入った状態で、ぬくい足湯をうろうろと歩き回っていたのだ。緊張の糸が切れた途端、意識が途切れそうになる。

「いいよ、疲れたなら寝ちゃってもいいよ。お湯が引いたら起こすからね」

女性の声は、いたわることに慣れていた。すみません、ほんとすみません、と口の中で呟いて壁に背を預け、姿勢を崩させてもらう。

食事の途中だったらしく、ちゃぶ台には料理が残っていた。卵かけごはん。ミニトマト、人参、大根、きゅうりなどの彩《いろど》り豊かなピクルス。鮭の中骨が入った水煮缶を、ぱっかんと開けたもの。

眺めているうちに、尾《び》てい骨《こつ》の辺りがそわりと浮き立った。この人はきっと、自分が好きでないものは、もう一口も食べていないに違いない。そんな潔《いさぎよ》さと喜びのにじむ、清らかな食卓だった。

箸の先が器に触れるかすかな音を立てながら、女性は食事を進めていく。表情は淡く、ともすれば気《け》だるそうに見えるぐらいだが、目がほのかに光っている。

「時々あるんだよ、こういう日が。心配しなくても、待っていればちゃんと帰れるからね」

「はい」

この人は母ではないと分かっている。だけど母が、家族向けの食卓とは別の場所で、こんな風に光る目でなにかを食べていた瞬間が、あったような。それを不思議な気分で眺めた数秒が、あったような。

女性がきゅうりのピクルスを口へ運ぶ。しゃり、とみずみずしい音が立つ。

「あ」

夜遅くに、台所で、母が林檎《りんご》を食べていた。赤い皮を残したまま、一口サイズに切り分けた林檎を、小鉢に盛って、爪楊枝《つまようじ》で刺して。トイレかなにかで通りかかった私が、あれえ、と言うと、母はまだほとんど中身の残った小鉢を私に渡し、ぜんぶ食べていいよと言った。

どうしてもらってしまったんだろう。一緒に食べればよかった。

箸を置いた女性が、麦茶に口をつけながらこちらを向いた。

「あなたたち、指笛じょうずだねえ。窓を閉めてたのに、すごーくきれいに聞こえたよ」

「……あ、あれ、指笛じゃないんです、えっと」

重い頭を振って、トートバッグに手を伸ばす。今にも背後に墜落しそうなくらい、眠い。気がつくと、珠理はとっくに畳に横向きに丸まって寝息を立てている。感覚の鈍った腕を動かし、珠理に一つ渡したので四つに減ったホイッスルのサンプルを畳に並べた。

「よければ、助けてもらったお礼に、好きなのを選んでください」

「いいの？」

女性は数秒指を迷わせ、シルバーの細長いホイッスルを手に取った。

ああそれ、私のおすすめです。笑って口を動かす間に、瞼が落ちた。ビロードのような光をまとった暗闇へ、吸い込まれる。


お客様、お客様、と呼びかけられている。お客様、チェックアウトのお時間です。反射的に上半身を跳ね起こすと、口から顎《あご》に生温かいものが伝った。うわ、よだれ。

目の前に、見覚えのある和室が広がっている。午前中に訪れた温泉施設の一室だ。窓の向こうには、わずかに紅葉した山の景色。

声は、閉じた襖《ふすま》越しに投げかけられていた。

「あ、はぁーい！　すみません、今出ます！」

かしこまりました、と淡泊《たんぱく》な声を残して足音が遠ざかる。

テーブルの反対側で伸びていた珠理がぬっと体を起こした。頬《ほお》に畳のあとをつけて、緩慢に室内を見回している。

「珠理やばいよ、チェックアウト時間すぎてる」

「あ、えっ、嘘《うそ》！」

慌ててよだれを拭き、身支度を整え、荷物をつかんで部屋を飛び出した。カウンターでチェックアウトを済ませ、施設を出る。

観光バスやタクシーで賑《にぎ》わうロータリーは、からっからに乾燥していた。穏やかな午後の日差しに照らされて、眩《まぶ》しいくらいに照り返している。どこか腑《ふ》に落ちない気分で、駅へと向かうバスへ乗り込む。

「なんかめっちゃ寝てたわ」

「私もー」

なんの変哲もない閑散とした町並みが車窓を流れていく。目をこらして路地の奥にクリーニング屋を探すものの、それらしい店は見つからない。

「寝てた割に疲れた……湯あたりしたのかなあ」

ちょっとごめんね、と言って足を組んだ珠理の、スカートの裾から覗《のぞ》くふくらはぎの半ばまでが、赤く色を変えていた。まるで、ほんの少し前まで足湯にでも浸かっていたみたいに。

特急列車を待つホームから、山に抱《いだ》かれた温泉街へ、ピー、とホイッスルを吹いてみた。私が、珠理が、今を生きている母親たちが、ここではない場所に住まうかつての母親たちが、好きなものをたくさん食べますように。

「なにしてるの？」

「うーん」

まもなく、三番ホームに、特急列車がまいります。反響するアナウンスの合間に、確かに聞こえた。

ピー、と澄んだ笛の音が、山の端《は》から立ちのぼった。

シュークリームタワーで待ち合わせ

ポテトサラダを盛りつけようと思ったのだ。

奥行きのある紺碧《こんぺき》に白い星がぽつぽつと散らされた、冬の夜空を思わせる陶製の深鉢。淡いピンク色の明太ポテトサラダを丸く盛りつければ、まるで宇宙に浮かぶ孤独な惑星のように見えることだろう。そんな期待とともに、爪先立《つまさき》ちになって食器棚の一番上の棚に手を伸ばした。その鉢は撮影映《ば》えするため、日頃からよく使っているお気に入りだった。いつも通り鉢のふちに指をかけて、いつも通りに引っ張った。なのにどうしてそんなことが起こったのか、分からない。

深鉢は指をすり抜け、回転しながら落ちた。次の瞬間、粉々に砕けて床に散らばる。ひとかたまりの水を落としたような、あっけない感じだった。青い陶片を見つめ、三十秒ほどで我に返った私は、スマホをつかんで雄牙《ゆうが》に電話をかけた。

「夜の深鉢が割れちゃった」

「……そう」

回線越しの雄牙の声は素っ気ない。外にいるのだろうか。背後に人の声や、風の音が聞こえる。

「また一つ焼いてもらえない？　よく使ってたから、ないと困るの」

「ああ、ほんとに変わらないな、夜子《よるこ》は」

苦みの混ざった、いやそうな声だ。どうしてこんな声を出すんだろう。しばらく連絡していなかったせいか。雄牙は元恋人で、当時の仕事仲間だった。

「あのなあ、今日、何曜日だか知ってるか？」

「え……えーっと」

「日曜日だよ。俺、結婚したって言ったよな？　家族で公園に来てるんだ」

「そう、いいね」

「そうじゃないだろ」

溜《た》め息《いき》が耳を湿らせる。相変わらず、回りくどくてややこしい物言いをする人だ。家族と過ごす幸福な一日に、新規の注文が入るなんて素晴らしいことじゃないか。それに、付き合っていた頃は彼も私も曜日感覚のない働き方をしていて、土日に仕事の連絡を入れるなんて当たり前だった。結婚すると、人は変わる。変わるのはいい。だけどその変化に周りが対応して当然だという風潮は、どうにかならないものか。そんなに上手く切り替えられない。

「休みの日にごめんなさい。おわびに三つ頼むから。あと、同じシリーズの平皿と蕎麦猪口《そばちょこ》も欲しくて」

「違う、それだけじゃない。お前にとって、あれはただ使いやすいだけの食器だろうけど、俺にとっては違うんだよ。少なくともなんの感情面のフォローもなく、こんな雑な電話で注文されたいもんじゃない」

「仕事の依頼をしたいだけなのに、感情面のフォローが必要なの?」

あの深鉢は確かに少し特別で、私たちの関係が良かった頃に雄牙が誕生日プレゼントとして焼いてくれたものだった。ちょうど私が料理家として名が売れ始めた時期で、アクセス数が日々伸びていくレシピブログに、もらった深鉢を何度か登場させたところ、美しい、日常の料理が芸術品のように見える、と評判を呼んだ。その後、深鉢を始めとする青い釉薬《ゆうやく》を用いた作品群は「夜の器シリーズ」と名付けて販売され、現在でも雄牙の工房でもっとも人気の高い定番商品となっている。私たちはお互いの才能を愛して高め合う、公私ともに最高のパートナーだった。

でも、もう終わった話だ。

「いいかげん割り切ってよ」

「お前のそういう、デリカシーのないところが大きらいだ」

「きらいでいいよ。でも、仕事と好ききらいは別でしょう？」

「俺を捨てたくせに、器だけ欲しがるのかよ」

「もういい」

永遠に会話が嚙《か》み合う気がしない。苛立《いらだ》ちが忍耐を上回り、とっさに通話を切ってしまった。すぐさま雄牙から着信が入る。スマホの着信音量をサイレントにして放置する。

それで、どうしよう。また一からイメージを作り直さなければならない。あの深鉢がなくなると辛《つら》いなあ。ぐるりと首を回し、心もとない気分で金属製のボウルの中に広がった、桜色のポテトサラダを覗《のぞ》き込む。

幸《さち》のことを教えてくれたのは、埼玉の実家に暮らす母親だった。

幸の母親と私の母親は、娘たちの中学の入学式で顔を合わせて以来ずっと仲がいい。家が近かったこともあって、学生時代はよくダブル母娘で観劇やコンサート鑑賞に出かけたものだ。

「さっちゃん、実家に帰ってきてるって。あのね……先月、将太《しょうた》君が亡くなったんだってよ」

「えっ」

将太、とは今年で四歳になるはずの幸の息子だ。私も過去に何度か誕生日プレゼントを送っていた。

「知らなかった。え、どうして?」

「公園の遊具から落ちたんだって。打ち所が悪くて……むごいねえ」

「とにかく、行くから。えっと、明後日《あさって》の夕方にはそっちに着くようにする」

「待ってるよ」

幸に会うのは一年ぶりだ。

一年前、同窓会の帰り道で手を振って別れたとき、私はもう、幸と友人でいられるのはこの辺りまでかなと思っていた。

それくらい、ここ数年の彼女の変わりようは激しかった。もともとはベルギーの製菓メーカーの日本支社で営業として働いていて、彼女の母親と同じく観劇と、マラソンが趣味の活発な人だった。それが妊娠をきっかけに仕事を辞めた途端、贔屓《ひいき》にしていた俳優の舞台にも、毎年参加していたマラソン大会にも顔を出さなくなった。

ならば新しい趣味を始めたのかというと、そういうわけでもないらしい。時々SNSなどで近況のやりとりはしていたものの、将太君が生まれたら話題は育児のことばかりで、それ以外のことを話さなくなった。家のローンがあるからと服装がだいぶ質素になり、ライブだったり旅行だったりに誘っても、夫がいい顔をしない、将太も私がいないとだめだから、と断られる。

家庭に入るとはそういうことだ、と言われれば、そうなんだあと納得するしかない。だけど私は、これまで一緒に世界を面白がってきた渡部《わたべ》幸という女性がどこかに消えてしまったようでつまらなかった。幸の方も私に対して、夜子は自由だから、おしゃれだから、働いてるし、と言葉を選んで距離を置こうとする節《ふし》があった。

「無理してない？」

同窓会の帰りに立ち寄ったカフェでひそりと聞いた。久しぶりに酔っ払うほど飲んだという幸は、カフェラテをすすりながらあっけらかんと笑った。

「なんで？　元気だよ」

「だって、フェイスブックも将太君のことばかりだし」

「母親ってそんなもんだよ。いろいろ忙しいんだ。家事して、買い物行って、子供の面倒みて、習い事の送り迎えして、あっという間に一日が終わっちゃう。でも充実してるから。もう、自分のことより家族が笑ってる方が幸せっていうか……」

「うはあ、すごいねえ」

結婚したら誰もが、そんな菩薩《ぼさつ》みたいな心を持つものなのだろうか。幸は笑いながら無邪気に続けた。

「夜子も、結婚して子供ができたら分かるよ。そうしたらきっと夜子の料理も、今の独身の人が一人で食べるようなものから、賑《にぎ》やかな家族向けにステップアップするんじゃない？」

「ステップアップ……」

家族向け、イコール、ステップアップってなんだ。でも一度食い違ってしまった感覚をまた根元から嚙み合わせるのはすごく大変だ。もうこのまま、私たちは別の道を歩いて行くのかもしれない。そんな気分で、小雨の降る駅前で手を振った。

それがまさか、こんな形で顔を合わせることになるなんて。

「夫婦で乗り越えなきゃならない問題なのに」

カーテンが閉め切られているせいか、それとも床が埃《ほこり》っぽいせいか、整頓《せいとん》されている割にどこか荒れた雰囲気のあるリビングで、幸の母親は苦々しげに言った。

「そりゃ私だって、目を離した浩次《こうじ》さんを憎く思う気持ちはあるわよ。でも、こういうときこそ夫婦でしっかりと結びついていなきゃ。だって、一番辛いのは浩次さんでしょう？

それなのに部屋にこもりきりで……向こうのおうちにも申し訳ないわ。ああ将太……どうしてなの、将太……。ばあばってね、本当に耳が溶けそうなくらいかわいい声で呼んでくれたのよ。もう一回だけ、ばあばって呼んで欲しかった……」

私の母親は沈痛な面持《おもも》ちで、涙ぐむ友人の背中をさすっている。私は曖昧《あいまい》な相づちを打って席を立ち、二階へ向かった。

将太君の葬儀が終わり、ふらりと実家に戻った幸は、ろくに食事も摂《と》らずに自分の部屋で寝てばかりいるらしい。学生時代に何度か訪ねた二階の幸の部屋は、ぴったりと扉が閉められていた。ノックをしても、声は返ってこない。ドアノブは動かず、ガチ、と硬い感触が手のひらに返った。

「幸、夜子だけど」

呼びかけて、舌が口の中でぼんやりと浮いた。

なにを言おう。なにを言うべきだろう。悲しみに沈んだ薄暗い家の中を見回す。母親たちのすすり泣きが階段を這《は》い上がってくる。

「外に行かない？　今日はちょっとあったかいんだよ」

扉の向こうは静まりかえっている。

「ここにいたい？」

念のため、聞いてみる。

ゆっくりと十数えるほどの間《ま》を置いて、床の軋《きし》む音がした。

深い、深い、深い、マリアナ海溝みたいな深い悲しみの底にいる人も、傍《はた》から見ると生理中でちょっと具合悪い？　くらいにしか見えないんだなあと、久しぶりに顔を合わせた友人を見て思った。幸は部屋着っぽい首回りが伸びた緑色のトレーナーと白っぽいスウェットパンツを着用していた。出かけよう、と改めて誘うと、淡い表情のままクローゼットの一番手前に吊《つ》るしてあった黒のガウンコートをつかみ、スニーカーを履いてついてきた。肩にかかるセミロングの髪は寝癖がついてうねっている。すっぴんだから眉毛《まゆげ》が半分で、唇がかさかさで、頰《ほお》が硬くて、でもそのくらいだった。いつもの幸に見えた。

本当に、少し暖かくなっていてよかった、と思う。冬のさなかだったら外に連れ出すことすらできなかった。民家の塀《へい》を越えて道路脇へこぼれた梅の花を眺めつつ、川沿いの散歩道を歩いた。中学生の頃、よく通学に利用していた道だ。幸は景色を見ているわけでも私を見ているわけでもなく、強《し》いて言えば先を歩く私のふくらはぎの辺りに目を落としている感じだった。

「あんなところにお店ができてる」

道の途中で民家の一階をリフォームした感じの、こぎれいなカフェが目に入る。言いながら振り返って、驚いた。なんの前触れもなく、ひと声もなく、下唇をほんの少し前に出した、ちょっと困ったなという感じの顔で、幸は両目からぼたぼたと大粒の涙をこぼしていた。私を見てわずかに眉を寄せ、うつむきがちに手のひらをこちらに向ける。どうやら、あまり構われたくはないらしい。

涙があふれるのは一瞬でも、止めるには力がいるようだ。幸は顔をしかめ、目元を手の甲でこすりながら、ひ、ひ、と小刻みに喉《のど》を鳴らした。犬を連れて散歩している人やジャージを着たランナーが、泣いている彼女を見ないよう視線をずらして横を通り抜けていく。

五分ほど待つと、やっと幸の涙は止まった。

「ひと休みしようか」

先ほどのカフェを指さす。幸は疲れた様子で頷《うなず》いた。

カウンターも含め十席ほどの小さな店だった。私はコーヒー、幸はミルクティーを注文し、窓際のテーブル席から銀色に光る川面《かわも》を眺めた。そういえばこんなだった。お弁当の匂いが立ち込めた教室で、夕焼け小焼けが鳴り響く帰り道で、私たちはたびたびこんな風に、なんでもない時間を分け合ってきた。

「実家、好き?」

なんとなく聞いてみる。幸は重たげに肩をすくめた。

青暗い廊下と、すすり泣きと、鍵のかかった扉の感触が体によみがえる。あの悲しみでいっぱいになった家に、この子を帰したくないなあ。そう思った次の瞬間、今の私は子供の頃にはできなかったことができるんだ、と気がついた。

シャボン玉が一つ、ふわっと音もなく弾《はじ》けるような、かすかで淡い喜びだった。もしかしたら、あまり善良な喜びではないのかもしれない。どこまでできるか試してみたい、みたいな。でも、そういった後ろ暗さが混じらない百パーセントの澄み切った好意なんて、今まで自分の中に一度も見出《みいだ》したことがない。それを求めていたら、きっと私はなにもできなくなる。

カップが空《から》になり、ほどよく体が温まったところで店を出た。

「うちにおいでよ。きっと、その方がいいよ」

呼びかけに、幸は黒目がちの目をしばたたかせ、聡明《そうめい》な猫のようにそっと私の目を覗いた。私は恥ずかしくなり、だけどなんとか彼女の目を見続けた。

幸は迷っているように見えた。そもそも、あまり考え事ができる精神状態ではないのかもしれない。手をつなぐと一瞬指先に力がこもり、だけどすぐに抜けて、手のひらがぺたりと重なった。駅までふらふらと散歩の続きみたいに歩いて、何も持っていない幸の分の切符を買う。

券売機のボタンを押す指先がじわりと痺《しび》れた。いいことか、悪いことか、分からないことに踏み出してしまった。

乗客もまばらな平日の電車に、すっぴんで部屋着姿の幸が揺られているのは、やっぱり不思議な光景だった。これから都内にある私のマンションまで、無防備な彼女を安全に運ばなければならない。傷つきやすいものを守るような気持ちでそう思った。シートに座ると、肩や首筋に日差しが当たって暖かい。発車してから十分もしないうちに、ゆらゆらと前後に弾《はず》んでいた幸の首がかくんと折れた。

その夜、胃が弱っていてあまり食べられない、という彼女のために初めて作ったのは、鶏ささみと大根おろしと生姜《しようが》のスープだった。

丸くて底の深いスープ皿になみなみと注いで、スプーンと一緒に彼女の手元に置く。幸はなぜか、あっけにとられたような顔で琥珀色《こはくいろ》の水面を見つめた。

「どうしたの?」

呼びかけても、反応がない。

あ、これはまさか、と身構えるよりも早く、彼女の両目から涙があふれた。そのままぐずぐずと泣き始める。悲しみに沈んだ人は、水を限界まで吸ったスポンジみたいだ。ほんの少しのきっかけで、じわじわと水があふれ出す。

私は泣き続ける幸を見たまま、自分のために作ったわかめごはんのおにぎりを頬ばり、スープを一匙《ひとさじ》、口へ運んだ。油は胃に負担をかけるかと思って避けたのだが、やっぱり入れた方がおいしいな。一度席を立ち、自分のスープにだけごま油を垂《た》らす。

私が手元の皿を空にする頃、やっと幸はスプーンを取ってスープを口に運んだ。

「お、おいしいね」

ぽろぽろと目尻から涙をこぼしながら、やけに悲しそうに言った。

食事後、憔悴《しょうすい》した幸にパジャマを貸して、普段は来客用に空けてある洋間に布団《ふとん》を敷いて寝かせた。

先にメールで状況は連絡しておいたものの、サイレントモードにしておいたスマホを覗くと、予想通り母親からの着信履歴がずらりと並んでいた。幸を起こさないようベランダに出て、電話をかける。

「あんたなに勝手なことしてるの！」

「ごめん。でもさ、言ったらきっと、賛成してくれなかったでしょう?」

「当たり前でしょう。さっちゃんは今すごく難しい状況なんだから」

「分かってるよ。具合が悪そうだったら、ちゃんと病院にもカウンセリングにも連れて行くから」

「そういうことじゃなくて！」

ああっ、と母は苛立った声を上げる。

「離婚の危機だってことよ！　あのねえ、トラウマ抱えた夫のケアもせず実家で寝込んでるってだけでだいぶ気まずいのに、友達と遊び歩いてるなんて向こうの親御さんが知ったらどうするの？　そんなの、許されるわけないでしょう！　考えなさい！　世の中はあんたが思うほど単純にできてないの。あんた、さっちゃんを離婚させたいの？」

「遊び歩いてないよ。さっきも、スープだけ飲んですぐに寝ちゃったし」

「実際はどうであれ、そう思われたら取り返しがつかないの」

「昼も思ってたんだけど、夫のケアってなんのこと？」

「……将太君は浩次さんの目の前で落ちたんだよ。ほら、よくあるでしょう、丸太を組み合わせて作った、よじ登って遊ぶ大型遊具。てっぺんで足をすべらせたんだって。頭から落ちて、出血が止まらなくて……救急車を待つ間、浩次さんは半狂乱になって傷口を押さえてたってよ」

「そのあいだ、幸は？」

「近くで買い物してたらしい」

「ふーん……」

大切な息子を急に失ったらそりゃパニックになるだろうし、心理的外傷を負った夫をケアできないのも、褒められることではなくても、仕方がない、の範囲内に収まる話のような気がするのだが。

「結婚したら、頭がおかしくなるほど悲しいときも、家族に気をつかって生きなきゃならないの？」

「みんなやってることだよ」

「嘘《うそ》だあ」

思わず鼻で笑ってしまう。

「それが本当なら、やっぱり私、結婚しなくてよかった」

「あんたは……子供なんだよ……年を取ったら、周りはちゃんと変わっていくんだ。いつか、一人だけ取り残されて後悔するよ」

はあ、と苦々しくため息をつき、明日にはさっちゃんを帰すように、とこわい声で言って母は電話を切った。

明日は幸になにを食べさせよう。

初めの三日間、食事のたびに幸は泣いていた。そのうちの一日は日中に私が打ち合わせで外に出ていたため、一人用の土鍋に鱈《たら》と水菜の湯豆腐を作っておき、実際に食べる姿は見ていないのだけど、きっと泣いたんじゃないかと思う。つーつーと体から水があふれて止まらないといった感じの、自動的で、いかにもどうしようもなさそうな泣き方で。

どうして食事が泣くスイッチになるのか、気にならないと言ったら嘘になる。ただ、説明されても分かるとは限らない。むしろ、元恋人や母親にこれだけ人としての心が足りていないと罵《ののし》られる私なので、分からない確率の方が高い気がする。

三日目の夜、めんどくさかったのでキャベツの葉と豚の挽肉《ひきにく》をミルフィーユみたいに交互に重ね、トマトで煮込んだロールキャベツもどきを出したら、幸がふと、まるで起きたばかりの人のように小刻みなまばたきをして、私を見た。

「夜子」

「ん？」

「いつまでいていいの？」

これまではせいぜい頷くか首を振るかぐらいしかコミュニケーションが取れていなかっ

たので、久しぶりに幸と会話をしている気がしてうれしい。

「好きにすればいいよ。どうせ一人分でも二人分でも、食事を作る手間は一緒だし。他のことは特にしてないし」

「ごめん、あとで食費払う」

「いらないよ。むしろ、なにかして欲しいことはある？」

聞くと、幸は首を傾けて短く考え込んだ。

「コーヒーが飲みたい。ミルクと砂糖が入った、甘いやつ」

「分かった、じゃあ食後に」

コーヒーが欲しくなるぐらいなら、だいぶ胃が回復してきたのだろう。明日から少し料理を重くしてみようか。

皿を片付けながら湯を沸かした。フレンチプレスで淹《い》れたコーヒーをマグに注ぎ、砂糖を入れて泡立てたホットミルクを足して手渡す。

「ありがとう」

丁寧に言って、幸はカフェオレを一口すすった。

「食べるってすごい」

落ち着いたのかと思いきや、まばたきをした幸の目には再び涙がふくらんだ。

「すごくて、こわいね」

「こわい？」

「生きたくなっちゃう」

「なに言ってんの」

ぐ、と苦しげな嗚咽《おえつ》をこぼしながら、幸は時間をかけてカップ一杯分のカフェオレを飲み干した。

子を失った親というのは、生きるとか生きないとか、そんな根本的なところまで揺らぐものなんだろうか。

「そんなの考えたことないなあ」

思わず口をついて出る。今日の撮影をキャンセルして病院に付き添おうかと提案したところ、幸は首を左右に振った。もうある程度落ち着いたため、そういった気づかいは必要ないらしい。念のため、午前と午後に一度ずつ電話をかけた。古いドラマの一挙放送を観ているると言っていた。彼女の大好きな俳優が出ているドラマなので、ひとまずは大丈夫だろう。あの子は折れない。友人としての勘だ。

出回り始めたこごみを緑が冴《さ》えるようさっと茹《ゆ》で、梅肉を混ぜたマヨネーズを添えて砂色の角皿に盛りつける。さらにふきのとうの煮物と、うどの酢味噌《すみそ》和《あ》えも並べ、皿の端に梅の花を一輪のせた。

「できました。堀家《ほりえ》さん、確認お願いします」

スタジオの壁際で不機嫌そうに腕を組んでいる雄牙に声をかける。写真撮影に備えてスーツ姿でやってきた彼は、大柄な体格と無愛想な顔立ちが相まって、まるでアクション映画で要人を警護しているSPのようだ。こわがって誰も話しかけない。のっそりとした足取りでやってきて、でき上がった一皿にちらりと目をやった。

「……いいのではないかと」

「堀家さんオッケーです。それじゃあ」

「はい、撮影に入りますね」

にこにこと笑顔を崩さないベテランの編集者の合図が入り、カメラマンとそのアシスタントがやってきた。私と雄牙はテーブルを離れ、壁際で撮影の様子を見守る。私が連載を持っている女性誌の、来月発売号の担当ページは山菜特集だ。三種盛りの他、菜の花のかき玉汁と、せりとツナを使ったペペロンチーノ。今日予定していた三皿を滞《とどこお》りなく作り終えたことにほっとして、ふう、と息が漏れる。

「……ここまでして、あの深鉢が欲しいのか？」

かたわらから低く囁《ささや》かれた内容が、初めはぴんとこなかった。

「――は？　え？　ああ、違うよ。山菜はやっぱり素材の色を見せたいから。彩度が控えめで締まってる、雄牙のお皿が一番合うなって思ったの。最近売り出してる灰色の豆皿のシリーズも使いやすいし、値段も抑えめで、この雑誌の読者に受けそうだったから。――なに、懐柔するために仕事回したと思ったの？」

「誰でもそう思うだろう、このタイミングじゃ」

「そんなことしないよ」

「ああ、夜子はしないんだろうな」

売り上げが上り調子の女性誌で、料理家と陶芸家の対談付き、フルカラー六ページの料理写真で作品を使用。もちろん工房のインフォメーションも記載される。こんなにいい仕事を振ってあげたのに、雄牙の横顔は曇《くも》っている。

「……理沙《りさ》がいやがるんだよ、お前と仕事するの。元カノだって知ってるから」

「なにそれ、くだらない。知らないいし関係ないよ」

「普通はそうは見ないさ」

「ああ、もう」

下品だから控えるようにしている癖なのに、チッ、と思わず舌打ちが出た。

「誰も彼も、なんで愛情が絡むとみんな一緒くたにするの。確かに私たちは付き合ってたけど、それ以前から大事な仕事相手だった。なんで別れたら仕事の関係まで解消しなきゃならないの？　あなたと理沙さんは別々の人間で、別々の社会人なのに、どうして理沙さんがあなたの人間関係に口出しするの？　あなたたちだけじゃない。親と子も、夫と妻も、二つの家も、ぐちゃぐちゃべたべたくっついて、当たり前のように一方の力や物を奪ったり、自分と相手を病的に同一視したり、問題の本質を無視してくだらない体裁《ていさい》を繕《つくろ》ったり、なんでそうなるのか全然分からない。結婚とか、ほんと無理だわ」

ざらりとしたいやな記憶が、脳の裏側からあふれ出す。

私たちの婚約が破綻《はたん》した原因の一つは、雄牙の実家が営んでいる堀家工房に隣接するかたちでレストランを開業し、夫婦で切り盛りするよう雄牙の父親から言い渡されたことだった。夫の器に妻が料理を盛りつけるなんて最高じゃないか、地域の新しい人気スポットになるぞ！　彼は私を自由に扱える料理人としか考えていなかった。まったく望んでいない人生設計を押しつけられて困惑する私をよそに、雄牙は一言も父親に異を唱えなかった。外では自立した一個人のふりをして、一家の中では、この男は父親と一体化していた。

私の苛立ちを他人事《ひとごと》のように受け流し、雄牙は幅広の肩をすくめた。

「ほとんどの人は、お前みたいに家族と個人を切り離して考えないよ」

「あっそう」

「……珍しいな、そんなにキレてるの。お袋さんとまた喧嘩《けんか》したの？」

「違う」

言う気はなかったのだ。だけどあまりに共感できないことの連続で、私も疲れていたのだろう。ついつい口からこぼれ出た。

「子供を亡くした友達が、自分まで死にそうなくらいショックを受けてて、どうすればいいのか分からない」

返事がないので顔を向けると、雄牙は眉間《みけん》をひらき、目を丸くし、生々しい驚きを露《あら》わにしていた。

「……びっくりした」

「え？」

「友達とかいたんだ。しかも、そんなに大事に思ってる人が。というか、夜子にそんな、誰かを思いやる気持ちとか、あったんだな」

「失礼にもほどがあるわ。雄牙ってほんと、陶芸の腕以外はクズだよね。男尊女卑だし、事なかれ主義だし、豪快っぽく見せようとするくせに執念深いし。今どきパートナーでもない女をお前呼ばわりするってなんなの？」

「そんな俺が好きだったくせに」

自尊心がある男と勘違い男の見分けがつかなかった、過去の私を殴りたい。無視することで気持ち悪い軽口を受け流すと、雄牙はつまらなそうに口をとがらせて続けた。

「子供って、親からすれば体の外側にある急所なんだよ。内臓みたいなもん。内臓を潰《つぶ》されたら死ぬか、死にかけるだろ。だからその友人も、死にそうなんじゃないか」

「……全然、想像できない。異世界の話みたい」

「家庭は、異世界だよ。社会とは違う。ちょっとずついろんなものがずれる。愛情で、なんらかの磁場が狂う。家の中でだけ当然になってるルールとかあるしさ」

んん、と喉でうなり、雄牙は続けた。

「俺は理沙の願いなら、たとえ要求が理不尽かつ外から見て馬鹿みたいでも、なるべく叶《かな》えようとするだろうな」

「へえ。じゃあ、なんでこの仕事を受けたの？」

「そこはほら、うちも商売ですから、露出は大事だろう？　ただ、今日の対談や料理写真が載った記事を、俺はたぶん理沙からは隠す。そうやってお前が言うくだらない体裁を繕いながら、家庭と社会のバランスを取っていく」

「ふーん……なんか、ずるいね」

「ずるいんじゃない、二つの世界の要求になるべく応えるよう耐えてるんだ。なにもかもぶちまけて、こっちが正しい、こっちが間違ってる、って言った方がそりゃ楽さ。……まあ、実際その環境になるまでは、分かんないだろうな」

「分かんないねえ」

苦々しく顔を見合わせたところで料理の撮影が終わった。お待たせしました、それじゃあ対談に移らせて頂きます。潑剌《はつらつ》とした編集者の先導に従い、私たちは壁から背を浮かせた。


郵便受けにたまったチラシを回収して階段を上ったら、私の部屋の前にスーツ姿の知らない男性が立っていた。

スマホの画面を確認しながら、扉に向けて、もう一方の腕を振り上げている。

「えっ」

心臓が一度大きく跳ね、思わず足がすくんだ。カッ、とヒールのかかとが鋭い音を立てる。すると男性はこちらへ振り向き、顎《あご》を引いて丁寧に会釈してきた。

「木《き》ノ下《した》夜子さん……ですか。私、水島《みずしま》幸の夫で、水島浩次と申します」

押し入り強盗かと思ったが、よく見れば服装は小綺麗《こぎれい》だし、顔立ちは素朴で、人の好《よ》さを感じるくらいだった。なにかスポーツでもやっているのか、バランスのいい体つきをしている。

ああ、この人が、血を失っていく息子の傷口を半狂乱で押さえていたのか。そう思うと気の毒で、優しくしなければいけない気分になった。

「……なにか、ご用ですか?」

「このたびは妻がご迷惑をおかけして申し訳ありません」

「いえ、そんな……私が勝手にやったことで」

「幸もきっと、気の置けないお友達と過ごして落ち着いたことでしょう。しかし、だいぶ長くご厄介《やっかい》になっていると聞き、これ以上はお仕事をされている木ノ下さんのご負担になってしまうだろうと、迎えに来たのですが……どうも、意固地になっているようで。すみませんが、扉を開けてもらえませんか」

「はあ……ええ」

なめらかにつるつると耳に入ってくる話し方だった。なんとなく、営業職かなと思う。言われたことの大半が流れ去り、ご厄介、ご負担、というあまり日常では聞かない言葉が耳に残る。なんだ、幸のことだけでなく、私の仕事の心配までしてくれたのか。気の回る人だな、とキーケースを探して鞄《かばん》の中をまさぐった瞬間、コートのポケットに入れてあったマナーモードのスマホがブルンッと震えた。

こんな時間にメッセージ？　仕事先からだろうか。

思考を巡らせ、すごく、すごくいやな可能性が頭に浮かんだ。

中指の先に触れていたキーケースを、再び慎重に鞄の底に戻す。

「……お気づかい頂き、ありがとうございます。でも、幸のことを、私は厄介だとも負担だとも思っていません。辛い状況にある友人を少しでもなぐさめられたなら、うれしく思います」

「しかし」

「幸には落ち着くまで、本当に彼女がもういいと言うまで、自由にここにいて欲しいと思っています。私は彼女を招き、彼女はそれに応じました。それぞれにちゃんと、理由や感情があっての判断です。それを無視して、勝手に物事を進めようとしないでください」

目の前の男はぴくりと眉毛を震わせ、不快そうに、さも呆《あき》れたように、首をゆっくりと左右に振った。

「……おかしいでしょう。これは家族の問題だ。そこに、どうしてあなたみたいなよそ者が入ってくるんですか。いいからここを、開けなさい。私が幸と直接話をします」

「もうスマホを通じて話はしたんですよね？　呼《よ》び鈴《りん》を鳴らしても、扉を叩《たた》いても、幸は出てこなかったんでしょう？　それなら扉は開けません。どうか、お帰りください」

「あなたはなにか誤解をしている。私はなにも……」

「誤解でも、なんでも。正しいとか、間違いとか、そういうのに関係なく、私は幸の安心と納得を優先したいんです」

ああ、としゃべりながら思った。これが、愛情から来る磁場の狂いか。きっと世間的には、この夫の言い分の方が正しく思われるのだろう。私はグロテスクな、家庭の破壊者に違いない。それでも、今はこの男を拒みたい。

幸の夫は強く、怒りのこもった目で私を睨《にら》み付けた。

「警察を呼ぶぞ」

「……どうぞ。どちらかというと、警察を呼んで、不審がられるのはあなたの方だと思います。家主不在の家の扉を開かせようと、叩いてたんですよね？　隣はずっと家にいる知り合いのおばあさんの部屋なので、きっと証言してくれると思います」

「あんたがやっていることは誘拐《ゆうかい》だ」

「幸に意思があることを、本当にずっと、否定し続けるんですね」

目元の険を深め、乱暴な足取りで幸の夫は歩き出した。私と肩をぶつけるようにしてすれ違い、重い足音を響かせてマンションの階段を下りていく。足音が一階まで辿《たど》り着いたのを待って、私は素早く部屋にすべり込むと、急いで扉の鍵とチェーンをかけた。

どくっ、どくっ、と心臓が強く打っている。やっと深く息を吐くと、玄関先の廊下で、スマホを手にしゃがみ込んでいる幸が見えた。

両目からまた、音のない涙があふれている。だめだ、また濡《ぬ》れたスポンジに戻ってしまった。

「……DVとか、そういうの？」

苦しげに顔を歪《ゆが》め、幸は首を左右に振った。

以前から、なんとなく気になってはいたのだという。

夫の、息子への対応が厳しい。

将太くんは、決して気の強い男の子ではなかった。甘えっ子で、お菓子作りが好きで、おしゃれが好きで、外出前にはお気に入りの靴下をいくつも引っ張り出してきて、一つ一つ足を差し込んでは楽しそうに選んでいた。ママとおそろいがいい、とわざわざ幸と同じ色の靴下を選ぶこともあった。そんな心の細やかな男の子だったらしい。

「浩次くんは、そんな将太を心配して……このままじゃ同性の友達に馬鹿にされるって、いろいろ教えてたの」

「三歳でしょう？　男の子っぽいとか女の子っぽいとか、曖昧で当たり前なんじゃないの？」

というか、おしゃれでお菓子作りが好きな男の人なんて、この世に山ほどいるじゃないか。魅力的だし、なにが心配なのかさっぱり分からない。口を挟むと、幸はしばらく考え込んだ。

「将太が、自分とは全然違うタイプの子に育つのが、不安だったのかな？　ほら、父と息子ってそういうところあるでしょう？　似ていて当たり前っていうか……似ると誇らしいっていうか……期待？」

「そういうの、ほんときらい」

つい苛立って毒づいてしまう。すると、幸は怯《ひる》んだように顔を強《こわ》ばらせた。ああ、私はいつも、こんな風に、無自覚に人を萎縮《いしゅく》させる。

「ごめん、続けて」

「……浩次くんなりの愛情だと思うんだけど、水をこわがる将太をプールに放り込んだり、わざと高いところに登らせたりすることがあったんだ。……だから、将太が落ちたって聞いたとき……」

「そんな……じゃあ、将太くんが落ちたのは、浩次さんのせいってこと？」

ぐう、と喉を鳴らし、幸はゆっくりと、重い石を動かすようにゆっくりと、力を込めて首を横に振った。

「……わ、私のせい」

「でも、幸はそういうの、反対してたんでしょう？」

「反対してたけど、だんだん分からなくなった。浩次くんの言うことが、正しいように思える瞬間があった」

いつからそうなったのか、思い返してもよく分からないのだという。

ただ、いつのまにか、幸の意見は家の中で通らなくなっていた。付き合っていた頃は対等だった。だけど気がつくと、家庭の重要なことはすべて浩次さんが決めていた。今後の展望、月々の貯金額、生活費の配分、子育ての方針、車を買い換えるタイミング。おそらくは幸が妊娠して、子供のためにと仕事を辞めた頃からその傾向は加速した。浩次さんの方が気が強く、弁が立つ性質だったのも原因の一つかもしれない。なにかを言えば馬鹿にされる。軽んじられる。「のんきでいいよな」「なにも分かってない」。そんなことの繰り返しで、気がつくと幸は浩次さんの一部になっていた。

「男の子は臆病《おくびょう》じゃだめなんだ、躾《しつけ》ってそういうものだって、いつのまにか思ってた。

私は大人で、もう一人の親で……きっと将太は、私に助けて欲しかったのに」

磁場が狂う。渦中にいる人間には分からないぐらいの速度で、でも確かに回転し、収縮し、一つのかたまりを作る。

事故だ、浩次さんの躾は不器用な愛だ、幸は家庭を守っただけだ。そんな風にも思える。事故じゃない、浩次さんは虐待者で、幸は共犯者だ。そんな風にも思える。うんざりするような灰色の万華鏡《まんげきょう》だ。ただ一つ確かなのは、私の友人は、自分を加害者だと思っているということだ。

「だから生きたくなかったの？」

幸は奥歯を嚙みしめたような、強ばった顔をした。

ひどい質問だった。彼女はすでに、食べることを選んだのに。

うつむいて黙り込む友人が廊下に投げ出した足をそっとまたぎ、私は台所へ向かった。冷蔵庫を開ける。野菜室も開ける。

鶏肉があった。ポリ袋に入れ、チューブのおろしにんにくとおろし生姜をたっぷり絞り、醬油《しょうゆ》と酒を揉《も》み込んだ。しばらく置いて卵と片栗粉を絡め、熱した油で次々に揚げる。キャベツを半玉、端から千切りにして大皿に盛り、ごまドレッシングを回しかける。ご飯を解凍し、味噌汁はインスタントのものをお椀《わん》に準備して、常備しているあおさのりをねじるようにして立ち上がった。

そばで繰り返し呼びかけると、ぐずぐずと子供っぽく泣いていた幸は壁に手をつき、体
「食べて。私も一緒に食べる」

湯気の立つ皿をテーブルに並べ、幸の腕を引いた。

「食べよう」

を一つかみずつ放り込んだ。


それから私は、毎日毎日、おいしいものを作り続けた。

モッツァレラチーズとチェリートマトのマルゲリータ。

野菜たっぷり棒々鶏《バンバンジー》。

いかと大根の煮物。

マッシュポテトとコンビーフのグラタン。

海老《えび》とブロッコリーの中華炒《いた》め。

明太子と大葉のバタースパゲッティ。

カボチャとラムレーズンのお菓子春巻き。

毎日毎日、生きたいと消えたいの境界をさまよいながら箸《はし》を持つ友人の口を、食の誘惑

でこじ開ける。さくさくと嚙み砕かれ、ごくんと嚥下《えんげ》された温かいかたまりは、否応なしに彼女の血肉を潤す。これであなたは、明日も死ねない。

それは奇妙に甘美な体験だった。一つの命にずっと触って、それが太くしたたかになるのを待っていた。多少の罪悪感では折れないくらい、貪欲に、傲慢になって欲しかった。生きると決めた以上、この人はこれからも苦しくて痛みを伴う日々を淡々と歩き続けるのだ。強い方がいい。濁っていた方がいい。

私はたぶん今後も、満ち足りた人を祝福する一皿は作らないのだろう。そういう食卓を、心の底では信じていない。

それよりも幸のような人に食べて欲しい。苦しい時間を耐えていく人の食卓に豊かさを作りたい。その食卓には、きっと私の席もあるのだ。

梅が枯れ落ち、替わって桜が開き始める頃には、荒れてささくれだらけだった幸の指になめらかさが戻った。ぷつぷつと途切れがちだった睡眠がやっと一つにまとまり、深く眠れるようになって、頭痛や腰痛など、慢性的に体を苛《さいな》んでいた諸症状が落ち着いてきたらしい。

「明日、出ていくね」

そう告げられた夜、私は奮発して上質なサーロインを購入し、ガーリックオイルで丁寧に焼いた。真ん中がほどよく赤い、柔らかくて甘いミディアムレアのステーキを仕上げる。赤ワインも一本買った。

「これから、どうするの？」

「もうそういう流れになってきてるけど、浩次くんと離婚する。――それで、なんとか将太の骨を、一部でも引き取りたいと思うの。パパをこわがってたから、離れさせて、今度こそ……いくらでも時間をかけて服を選ばせてあげたい、お菓子もたくさん作ってあげたい。こんな簡単なことを、なんで……あー……」

大粒の涙が目尻からぷくりとふくれ、頬を転がってしたたり落ちる。だけどもう、幸は死なないだろう。

時間をかけて、幸は二百グラムのステーキをすべてお腹に収めた。クレソンのサラダも、きのこのソテーも、きれいになくなった。食器を片付け、交代でシャワーを浴びる。まだ頬に赤ワインの火照《ほて》りを残したまま、パジャマに着替えた幸は布団に横たわった。

最後の夜だけ、私も客室に布団を運び、並んで眠ることにした。

「おやすみ」

「うん」

布団から手を伸ばし、温かい指先を触れ合わせる。栄養に富んだ赤い血が、ぐるぐると二つの体を巡っている。

「幸」

「――なに?」

「ありがとう」

「……それは、私が言うことでしょう」

「ううん、あのね」

言葉にするのが難しかった。ゆっくりと、羊毛から糸を紡《つむ》ぐように思考をたぐる。

「私は家族を、作らないから。……開き直りとかじゃなくてね、たぶん作らないと思う。何回か試したんだけどね、なにかが合わないの。だから一緒にいて、食べやすいものから順番にご飯を作らせてもらってる間、子育ての真似事《まねごと》をさせてもらってるみたいで楽しかったよ。そんな思いも寄らないことが、幸の人生にもこの先たくさんあるんだ。――将太くんと、また遊びに来てね。お菓子作るよ。守備範囲外で、あんまり得意じゃないんだけどさ」

幸が手を握ってくれた。ワインの酔いにゆったりと意識を預ける。とても気持ちが良かった。

「今度は、私が夜子にごちそうする。シュークリームタワーとかさ、シュー生地《きじ》から作るくらい得意だから、任せて」

「シュークリームタワーかあ」

食べきれるだろうか、と小さく笑う。

真夜中の街の音と、広く穏やかな幸の呼吸に耳を傾けるうちに眠りに落ちた。瞼《まぶた》の裏の暗闇に、遠くそびえ立つシュークリームの塔が浮かんだ。フルーツソースや生クリーム、チョコチップがふんだんにまぶされたカラフルな塔だ。

歩き続ければあなたに会える。何度でも会える。遥《はる》かな距離に目を細め、長い長い道を歩き出した。

大きな鍋の歌

伝えられた部屋番号を探し、壁に掲示されたネームプレートを確認しながらクリーム色の長い廊下を歩く。

幾度か角を曲がり、ようやく探し当てた病室は四人部屋だった。どこに、と視線を巡らせるより先に、入り口をくぐってすぐ左側のベッドのフットボードに「万田佑生様《まんだゆうせい》」とよく知った名が書かれた札が貼られているのを見つける。そのベッドには、側面から両足を下ろした姿勢で、水色のパジャマを着た男が座っていた。

万田、と呼びかけようとしたものの、うつむきがちに背を丸めてそばに置かれた小型冷蔵庫の扉付近を見つめるその男が、三十数年の付き合いのある相手だと、一瞬、分からなくなった。横顔がなぜか、山を歩いている際に時々見かける、子供一人ぐらいすっぽりと呑《の》み込んでしまいそうな奥行きのある樹洞《じゅどう》だとか、馬鹿でかいサルノコシカケだとか、そんな陰影が深くて目が離せない、やたらと生々しい物体に似て見えた。

少し遅れて、パジャマ姿なんか見たことがないんだ、と気がついた。無精髭《ぶしょうひげ》の生《は》えた頬《ほお》も、寝癖の付いた後頭部も、鎖骨周りの皮膚の青白さも、知らない。俺と会うときはいつも、万田はこざっぱりとした格好をしていた。買ったばかりだというブランドのロゴが入ったフィッシングベストを、防水ブーツを、登山用のリュックを、にこにことうれしそうに見せてきた。

下がり気味の目尻のしわと、薄くなりつつあるつむじの形にようやく親しみを感じ、詰まっていた声が出た。

「万田」

ぱっとこちらを向いた男は、もういつもと変わりのない古いなじみの顔をしていた。

「ああ、松《ま》っちゃん。なんだか悪いなあ、来てもらっちゃって。ほら、そこの椅子《いす》を使ってくれよ。ちょっと待ってな、冷蔵庫に茶も入ってっから」

「いいんだ、いいんだよ動かなくて！　茶が飲みたくなったら自分で買いに行くから。病人が動くなよ」

今にも点滴スタンドを握って立ち上がろうとする万田を押しとどめ、病室の壁際に置かれていたパイプ椅子を借りてベッドのそばに腰を下ろした。

座っているよううながしたものの、いざ顔を合わせると、なにをしゃべればいいのか分からない。

先が見通せない人を見舞うときはいつもそうだ。風邪《かぜ》をこじらせて入院し、最後は肺炎で亡くなった母親を見舞っていたときも、俺は顔を合わせるのが気詰まりで、なにか足りないものはあるか、じゃあ下で買ってくる、といたずらに病室と売店を往復してばかりだった。

「大変だったなあ」

当たり障《さわ》りなくいたわると、万田も「いやあ、ねえ」と大して意味のないことを言い、苦笑いと共に肩をすくめた。

「親父も同じ病気だったんだ。じたばたしても、しょうがないさ」

「そうか」

それほど万田が取り乱していないことにほっとする。なにげなく目を向けた先、パジャマの袖《そで》から覗《のぞ》く左腕の内側に、青黒いあざができていた。

「痛そうだな」

「ああ俺、血管が細くて針が入りにくいんだ。手首ももうだめだってんで、今は手の甲に刺してる。いやだよなあこういうの、見てるだけで気が滅入《めい》ってさ。あと、とにかくここは飯がまずいんだ。食えたもんじゃない」

「そりゃ気の毒に」

気が滅入る、飯がまずい、そんな具体的な不満を口にしてくれたことで、いくらか話がしやすくなった気がする。

「気晴らしに、なにかうまいもん作って持ってこようか。食事制限はされてないんだろう?」

「食えるものはなんでも食って、なるたけ栄養をつけろって」

「そりゃいいや。いろいろ見繕《みつくろ》ってくるよ」

他に身の回りの物で不自由はないのかと聞いたところ、今のところは大丈夫だと言う。万田は独身で、両親もとうに見送っているが、今年六十になる姉が月に二度ほど立ち寄って必要な買い出しをしてくれているらしい。他県から電車を乗り継いでやってくる万田の姉よりも、俺の方が生活圏は近い。仕事がある日は難しいが、休みなら車で一時間もかからずに駆けつけられる。

なにか必要になったらすぐに言えよ、と肩を叩《たた》いて病室をあとにした。総合受付で手続きを済ませ、病院を出る。

駐車場のかたわらの、黄色い菜の花がぴかぴかと眩《まばゆ》い光を放つ花壇の前で思わず足が止まった。

そもそも万田に連絡しようと思ったのは、勤め先のホテルの中庭に植えられた桜の蕾《つぼみ》が割れて、できたての柔らかそうな花びらを覗かせているのに気づいたからだった。

年に三度か四度、季節の変化を感じた折に、俺たちは連れ立って旬の食材を探しに出かける。山菜採りやきのこ狩り、海釣り、川釣り、夜釣りの他、狩猟のシーズンには知り合いの猟師が獲《と》った野生動物の解体を手伝うこともある。単純な行楽としてだけでなく、都内の老舗《しにせ》ホテルの和食店で板前をしている俺と、ファミレスの商品開発を行っている万田、お互いの仕事の参考に、といった意味合いも強い。

【来月あたり、里山に遊びに行かないか。本格的な渓流釣りのシーズンが始まる前に川を下見して、ついでに気の早い山菜でも摘《つ》んでこよう】

午後の休憩時間にそうメールを送り、万田が退勤する夜にはなにかしらの返事があるだろうと思っていたら、着信があったのは翌日の昼だった。

「松っちゃん俺さあ、ちょっと具合悪くなっちゃったんだよ」

そうして彼は自分が難治性の病を患《わずら》ったこと、手術を行ったもののその後の経過があまり良くなくて、退院の見通しが立たないことなどを語った。

本当ならこんな春の始まりの美しい日には、若葉が生《お》い茂《しげ》る野山を釣り竿《ざお》片手に歩き回り、地元のうまいものを食べて帰ってくるのが俺たちの当たり前だったのに。菜の花の無邪気な黄色を見ているだけで胸が詰まった。せめて季節を感じられる食い物を差し入れてやろう。

翌週の休み、朝早くに市場に出かけて真鯛《まだい》を仕入れた。桜の花びらみたいな淡い色の刺身を、白髪《しらが》大根や海藻と一緒に保冷剤をくくりつけたタッパーに詰める。スープジャーには、鯛のあらで出汁《だし》を取った菜の花と豆腐入りの澄まし汁を用意した。あまり多く持ち込んでも負担になる気がして、深夜の酒のあてぐらいに抑えた量を差し入れたところ、万田はずいぶん喜んでくれた。

「ようやく春が俺のところにも来たわ」

胃を始めとする消化器の粘膜が荒れているらしく、それほど量は食べられなかったが、売店で買ったプラスチックのスプーンを使い、うまそうに澄まし汁をすすっていた。

自宅に戻ってから、残りの鯛を米と一緒に土鍋で炊いて鯛めしを作った。だし汁を添えて、大学受験を来年に控えた予備校帰りの娘の野栄《のえ》に出したところ、なにかのお祝い？と驚かれた。

筍《たけのこ》の煮物、ふきのとう味噌《みそ》、鰹《かつお》の漬《づ》け、白魚《しらうお》の卵とじ。仕事の合間を縫い、俺は二週に一度はそうしたものを万田の病室に運んだ。口にできるのは数口程度でも、受け取ってもらえるのがうれしかった。

「うまいなあ、松っちゃんの料理は本当にうまい。さすが俺たちの出世頭だ」

同じ調理師専門学校を卒業した仲間内で比較的目立つ仕事をしている自覚はあるため、ありがたくその言葉には頷《うなず》いておく。思えば、旬の食材探しには同行しても、万田にきちんとした料理を振る舞うのは久しぶりかもしれない。

「最近は渓流で釣った魚をその場でさばいて塩焼きにするぐらいだったな」

専門学校時代は節約のため、よく誰かのアパートに集まってカレーだの焼きそばだのを大量に調理したものだが、卒業し、それぞれが職に就《つ》くとそうした機会も失われる。万田は里山の景色でも思い出しているのか、目を細めてなつかしげに頷いた。

「俺はそういうのが一番好きだけどね。ぜいたくで」

「まあ、なんでも外で食うのがうまいよな。風が気持ちいいし」

なにげなく口にして、ちょっと失敗した、と思った。少なくとも退院のめどが立っていない友人に言うべきことではない気がした。カーテンで仕切られた狭いスペース、点滴でつながれた不自由な体、食品の匂いと体臭と薬品臭とが入り交じったような病棟の独特のにおいが、急に迫って感じられる。

余計なことを言わない方がいいと思うのに、ここで沈黙するのもまるで彼の快復を信じていない薄情者に見える気がして、適切な対応がよく分からなくなった。今のところこれ以上の治療法がないとは聞いたものの、それでも奇跡を期待するのは悪いことではないはずだ……そうだろう？　きっと。

「しっかり食って、体力をつけろよ。良くなったら、また川釣りに誘うから」

まるで予後が不良だと伝えられたことなど忘れたみたいな、愚かで明るい声で言って、言い終えてからまた、失敗した、と思う。

「うーん、そうだねえ」

万田は特になにかを感じた様子もなく、俺が皮を剝《む》いて渡したデコポンの果肉をじゅうと吸った。一房分の果肉を時間をかけて咀嚼《そしゃく》し、ふう、と大儀そうに息を吐いた。

「あとで食べるから、残りは冷蔵庫に入れておいてくれ」

「ああ、分かったよ」

「そういえば、野栄ちゃんはそろそろ受験じゃないの？」

話題が、万田とも面識のある娘の野栄へと向かう。おかげで口が動きやすくなった。

「平日の夜も土日も、ずっと予備校に詰めっぱなしだよ」

「そりゃ大変だ。人生の正念場だな」

雑談を続けていると生温かい食べ物の匂いが押し寄せ、口をマスクで覆った看護師が、三時のおやつだというソースと鰹節のかかったお好み焼きを持ってきた。ああどうも、と愛想よく皿を受け取り、万田は看護師が部屋を去ってから小さなため息を漏らした。

「やんなっちゃう。まずいんだよ、これ。やたらとしょっぱくて。そのままゴミにするのも悪い気がして、いつも一口は食うんだけどさ」

食う前にちょっとトイレ行ってくる、と万田は点滴スタンドを握って立ち上がった。連れて行こうか、と呼びかけるも、今のところ介助は必要ないらしい。腰や脚の関節が痛むとかで、万田は慎重な、ぎこちない足運びで病室を出て行った。

主《あるじ》がいなくなったベッドの横で、しばらくぼんやりと待っていた。万田が帰ってきたら、暇《いとま》を告げよう。そう思いつつ、薄暗いスペースを見回す。プラスチックのマグカップ、飲みかけのパック飲料、カバーの剝《は》がされた文庫本、電動歯ブラシ。使用感のある様々な生活用品が、テーブルや棚といったスペース内のあちこちに置かれている。

それにしても、重病の患者に塩分の多い食事を出すとは、どういうことだろう。まずい、まずい、と繰り返す万田が不憫《ふびん》で、一人分を切り分ける際にちぎれたのだろう、皿の端に転がっていたお好み焼きのひとかけらを指でつまんで口に入れる。

うまかった。とても。

すり下ろした山芋を入れているようで、全体的な質感がふわりと柔らかく、軽い。細かめに刻まれたキャベツが心地よく奥歯で砕ける。底に敷かれた豚肉も硬くなっていないし、生地《きじ》からは品のいい昆布出汁《こぶだし》の香りがした。そしてなにより素材の味を引き立て、健康にも配慮された、薄味だった。

まさか、と思い、もう一口失敬する。やっぱり、うまい。慌ててスマホを取り出し、この病院における病院食の提供について軽く調べる。院内に給食室を有するこの病院は、栄養指導や食事療法はもちろん、患者の病態に合わせた食べやすさにも心を砕いていて、近隣の病院のなかでも特に食事がおいしいと評判だった。

「なにつまみ食いしてるんだよ、腹減ったの？」

呆《あき》れた声に振り返る。点滴スタンドを転がした万田が、まるで子供の悪戯《いたずら》でも咎《とが》めるような含み笑いで立っていた。

「な、しょっぱいだろ？　ここの調理師、塩を効かせすぎなんだよ。入院してるのがじいさんばあさんばかりだから、そっちのが喜ぶと思ってるのかねえ」

アタタタ、と腰を押さえてうめきながら、万田はゆっくりとベッドに座り直した。よく日の当たった水たまりみたいな、親しみの深い透明な眼差《まなざ》しをこちらへ向ける。俺は口に残っていたお好み焼きを飲み下し、小さく頷いた。

「そうだな。少ししょっぱいな」


その夜、予備校から帰ってきた野栄に「万田が具合悪いんだよ」と打ち明けた。野栄はマンダさん、マンダさん、と呟《つぶや》きながら一度自室に入って部屋着に着替え、眠そうな顔でリビングにやってきた。

「万田さんって、昔うちに来てシチューを作ってくれた人？」

「おお、よく覚えてるな」

「覚えてるよ。鶏肉がほろほろでおいしかったな。かぶが入ってたのも、びっくりした」

七年前、俺の母親が亡くなったとき、野栄はまだ小学校の高学年だった。父一人、娘一人の家庭で育った野栄は、猫かわいがりしてくれた祖母のことが大好きだった。学校に行けなくなるほど気落ちする娘に、俺はあまり構ってやることができなかった。俺自身、母親を亡くして心身のバランスを崩しがちだったのと、現在の店に移ったばかりで、とにかくミスをしないよう気を張って仕事をするので精一杯だった。

土曜の早朝、万田は食材がぱんぱんに詰まったスーパーのレジ袋と、まだ湯気を立てているパン屋の紙袋を抱えてやってきた。

「このたびはお悔やみを申し上げます」

丁寧な挨拶《あいさつ》に続いて、「台所を借りるよ」と軽い口調で言った。

そして俺が出勤するまでの四十五分間で、家で一番大きな六リットルの鍋いっぱいに豪勢なクリームシチューを作った。鶏肉の他、玉ねぎ、人参、ジャガイモといったよくある具材から、芽キャベツ、かぼちゃ、しいたけ、かぶなどの変わり種まで、とにかくいろんな野菜が入っていた。

パン屋の紙袋には、十数個の総菜パンや菓子パンが詰まっていた。フィリングはチョコやチーズなど、子供に人気のものが多い。野栄の好物のメロンパンは、中にクリームが入っているもの、しっとりと柔らかく焼き上げたもの、さくさくしたハードタイプのもの、と三つも入っていた。

調理の匂いに気がついてか、パジャマのままで自室から出てきた野栄と、万田は膝《ひざ》を折って目の高さを合わせた。

「好きなパンを好きなだけ食べてね。あとシチューも、一日に一杯でいいから食べてください。なるべく野菜がたくさん入っているところをすくって欲しいな」

丁寧な口調だった。野栄はぽかんとして目を見開き、数秒固まってから後ずさりをして俺の後ろに隠れた。そして万田が帰った後、爪先《つまさき》立っておそるおそる鍋を覗き、食べる、と小さな声で言った。

「でも、野栄が万田の料理を食べたのは、あれが初めてじゃなかったんだよ」

「そうなの？」

「三歳か、そのくらいの頃だな。楓《かえで》さんが出て行った直後も来て、おにぎりと、具がたくさん入った味噌汁を作っていった」

楓さん、とは別れた元妻のことだ。人を介した見合い結婚だった。若い俺はなんとも思っていなかったけれど、生活を始めた当初から彼女の側には違和感があったらしい。

「どうしてお義母《かあ》さんは膝が悪いのに、お義父《とう》さんはしょっちゅう家に人を呼んで、宴会をして、お義母さんを台所で働かせてばかりなの？　せめて宴会は外で済ませるとか、家でやるにしても調理や片付けを手伝うとか……お金に困っているわけでなし、なんならそのときだけ調理が得意なお手伝いさんを雇ったっていいのに。そういう工夫、しないの？」

「親父はお袋に甘えてるんだよ。ああ見えて繊細なところがあって外食がきらいだし、本当は身内しか信用していないから、外の人間を家に入れるのをいやがる。そういう親父に、お袋も苦労しているんだ。時々でいいから、お袋を助けてやってよ」

「私が？　お義父さんの宴会を？　どうして」

「どうしてもなにも、家族で、女同士じゃないか。台所を手伝って、ついでに小遣いでももらってくれば」

冠婚葬祭や折々の行事の際、親戚の女性たちが台所に集まって楽しそうにおしゃべりしながら料理をしている風景は、俺にとってなじみのものだった。母親と楓もそうなったら楽しいだろうと、シンプルに思って、そう言った。高圧的な父親に振り回される不憫な母親をいたわってくれる嫁がいいと思い、看護師をしていた楓との見合いを承諾したところもあった。

だけど、なにげなく口にした言葉で楓の顔が強《こわ》ばるのを見て、失敗した、と思った。なにを失敗したのかは分からないけれど、失敗した。

野栄が三歳になったばかりの頃、長い喧嘩《けんか》の末、楓は離婚を切り出した。野栄を連れて行きたがっていたけれど、彼女自身の体力や経済力に危うさがあることや、彼女の実家が金に困っていることを指摘し、連れて行けば野栄の教育の機会を奪うことになる、と俺は親父の言葉をそのまま口にして諭《さと》した。むしろそうした現実を思い知らせれば彼女が冷静さを取り戻し、離婚だなんて馬鹿なことを言わなくなると高をくくっていた。しかし楓は、記入済みの離婚届をテーブルへ叩きつけた。

「あなたは時々お義父さんと同じ、頭の悪いペットでも叱《しか》りつけるような口調でお義母さんを怒鳴《どな》っている。いずれ必ず、私のことも怒鳴り始める」

怒りで青ざめた顔で俺のことを強く睨《にら》み、野栄を彼女の学力に合った大学に行かせること、約束を破ったら俺を刺しに来る、と念を押して、楓は家を出て行った。初めは俺の実家への違和感や戸惑い、習慣の違いへの苛立《いらだ》ちが目立ったけれど、最後にははっきりと、彼女は俺のことを心から憎み、嫌悪していた。

他人からあれほど強い拒絶をされたのは初めてだった。失敗した、なにかを間違えた。でも、なにを。仕事を休み、赤ん坊の頃に使っていた授乳クッションにしがみついて泣く野栄の背中を眺めて呆然《ぼうぜん》と過ごす日々が続いた。実家からはもちろん、生活の基盤をこちらに移せ、野栄はお前の再婚まで祖母《ばあ》さんが育てればいい、仕事に専念しろ、と熱心な――むしろ、それが当たり前だろう、早くしろ、と言わんばかりの申し出があった。しかし俺は動けなかった。

頭の悪いペットでも叱りつけるような口調で母親を怒鳴っている？　まさか、そんなはずないだろう。でも時々、まるで親父が乗り移ったように、親父の言葉がそのまま口をつくことがある。

あの家で育てたら、俺はいつか野栄のことも、頭の悪いペットでも叱るように怒鳴るようになるのか？

ぞっとした。俺は、妻や娘を不幸にしたいわけではなかった。しかし一人で子育てをしている男なんて、周りに誰も見当たらなかった。イクメンなんて言葉が流行《はや》るのは、それから五年以上経ってからだ。

そんな折、万田から電話がかかってきた。千葉の沿岸部をツーリング中になんとなく竿を下ろしてるんだけど、良型のアジがばかすか釣れて笑いが止まらない、こんど松っちゃんもおいでよ的な、能天気な連絡だった。

嫁が出て行って、先々のことが分からないから予定も立てられない。電話口で状況を語ったら、万田はその日の夜、アジの入ったクーラーボックスを肩に下げたまま、あたふたと家にやってきた。

「大丈夫か。野栄ちゃんは？」

ずっと不安定で、今も泣いているし、俺も混乱している、とそれくらいは言ったかもしれない。万田は家の中を見回し、「とりあえず飯ぐらい食えよ」と米を炊き始めた。炊飯が終わるまでの五十分間、俺はぽつぽつと妻が出て行った経緯《いきさつ》を語った。妻が悪かった、実家が悪かった、とぐらぐら揺れて収まりの悪い発言が最後、俺もなにか悪かったかもしれない、と落ち着いたところで、万田は渋い顔で口を挟んだ。

「もう楓さんは出て行って、後戻りはできないんだ。誰が悪かったかよりも、これからどうするか、の方が大事だろう。どうしたら野栄ちゃんを幸せに育てられると思う?」

「……俺の実家からは、たぶん距離を取った方がいい。もしかしたら、俺からも」

「じゃあ、第三者だ。幼稚園か保育園か託児所か、俺には違いもよく分かんないけど……とにかくどこかあるだろ、仕事中に子供を預けられるところ。他にも子守りのアルバイトなり、ベビーシッターなり、とにかく調べよう」

「こんなに小さいのに、赤の他人に預けろってのか?」

預けるといっても、せいぜい親族の女性の誰かに窮状を訴えて頼ることになると思っていた。すると万田は、呆れた様子で眉《まゆ》をひそめた。

「そういうところだって、松っちゃん。問題を、家庭内のわがままを言いやすい誰かに押しつけるんでなく、金を払ってプロを雇えって楓さんは言ってたんだろう? 松っちゃん自身がそういう仕組みから離れて、野栄ちゃんを守ってあげないと」

炊飯完了のメロディが響き渡る。万田は釣ったばかりのアジを塩焼きにして、ほぐした身を細かくきざんだ梅干しの果肉と一緒に炊きたてのご飯に混ぜ込んだ。子供用と大人用、サイズの違うおにぎりを十個ずつ握る。そして葱《ねぎ》とわかめと大根と卵がたっぷり入った具だくさんの味噌汁を、一番大きな鍋になみなみと作った。

「野栄ちゃん、ほら」

ラップでくるんだ子供用のおにぎりの表面に水性ペンでアンパンマンの顔を描き、万田はそれを野栄に渡した。あんぱんまん！　と久しぶりに顔を上げた野栄は、それからしばらくの間、万田のことを「あんぱんまんのおいちゃん」と呼んでいた。

あのときもしも万田が家に来なかったら、野栄の育ち方もだいぶ変わっていたのではないかと思う。結局、近所の保育園と複数のベビーシッターの手を借りて育った野栄は、小学校低学年の頃に世話をしてもらった帰国子女のベビーシッターに感化され、海外留学をしたいと言うようになった。大学も、留学制度が充実しているところを選ぶ予定だ。

「おにぎりとお味噌汁なんて、ぜんぜん覚えてない」

「まだ三歳だったからな。その頃の記憶って、なくなるものらしいよ」

「親切な人だね、万田さん」

「あいつは確か、子供の頃に親を亡くしたんだよ。それで、野栄のことを気にかけてたんじゃないかな」

「ふーん……」

鼻から長く息を吐き、しばらく沈黙していた娘はふいに「私もお見舞いに行きたい」と言った。

「ええ？　野栄はいいだろ」

「ずいぶんお世話になったみたいだし、一応行くよ。……なにそれ？　言えるときにちゃんと礼を言っておけとか、そんなつもりで教えたんじゃないの？」

「違うよ、なんて言うか……」

ただ、驚いたのだ。万田の病状が、味覚すら狂う段階に至っていたことに。受けたショックを一人では扱いかねて、だけど現在の万田と交流があるかも分からない知人に話すのは気が引けて、たまたま自分と等しく万田から恩を受けた娘が目に入ったものだから、ついぽろっと言ってしまった。

「いやいや、いいだろ行かなくて。血がつながってるわけでもない、二回かそこら会っただけのオッサンの見舞いに、子供がわざわざ行くなんて、変だよ」

「……たまに思うんだけどさ、お父さんって時々すっごく鈍感で、無神経だよね」

「ええ？」

「おばあちゃんが入院してたときも、全然まともに話そうとしない感じだったし、なんか……人間関係をマジで馬鹿にしてるっていうか……万田さんっていい人なのに、なんでお父さんとずっと遊んでくれてるんだろう。不思議」

冷え冷えとした目で親を見て、野栄は自分の部屋に入っていった。

生け簀《いす》から引き揚げたばかりのヒラメの尾がびたん、と力強くまな板を叩いた。黒と茶のまだら模様が粘りのある光を放つ。

すぐに清潔な軍手をはめた手でヒラメの体を裏返し、真っ白な腹を露出させた。裏側から錐《きり》で脳をしっかりと貫き、一息に締める。

締める、とはなるべく速《すみ》やかに絶命させる、ということだ。そうすることで魚の身が傷《いた》んだり、ストレスがかかって不味《まず》くなったりするのを防ぐ。

ヒラメの体が鋭く跳ねた。二度、三度と大きく痙攣《けいれん》し、ひれを波うたせ、ふいにくたりと動かなくなる。続いて、えらから入れた包丁を立てて中骨を断ち切り、尾の付け根の骨も切ってから、そばのバケツで丁寧に血抜きを行う。

勤め先の和食店には、客が魚を眺めて楽しむための生け簀がある。そこの魚は客の強い希望があれば締めてすぐに出すこともあるけれど、基本的には朝の仕込みの時間帯に締めて血抜きを行い、内臓を処理し、しばらく冷蔵庫で寝かせて旨味《うまみ》を出してから客に提供するようにしている。

一尾、また一尾、と手順に沿って魚を締めながら、ふと、万田はこれが苦手だと言っていたな、と思い出した。魚を締める際、どうしても緊張するらしい。だから渓流で釣った魚の調理も、なるべく俺にやらせようとする。そのたびに俺は、締めるのが苦手な飲食関係者ってどうなんだ、と若干鼻白《はなじろ》んできた。生きることは食べることで、食べることは殺すことだ。そして俺たちの仕事は、周囲の人間が生きるための食事を提供することだ。包丁が血で汚れることをいやがっていたら、なにもできない。

つい先週、ゴールデンウィークの期間中に、高校が休みになった野栄を万田の病室に連れて行った。

困惑するかと思いきや、上半身だけ高くしたベッドに体を預けた万田は野栄の来訪をずいぶん喜んでいた。大きくなった、美人になった、賢い顔をしている、と褒めそやし、同僚や友人が置いていったという山のようなフルーツと菓子を食わせたがった。

万田の顔を覚えていなかったのか、それとも闘病中の父親の友人なんて存在となにを話せばいいか分からなかったのか、初めの数分、野栄は軽く会釈をするばかりでほとんどなにもしゃべらなかった。しかし万田から「今はどんなメロンパンが好きなの」と聞かれたのをきっかけに、どこどこの店のシナモンメロンパンがおいしい、と会話が少しずつ続くようになった。

十五分ほどたどたどしい会話を重ね、野栄は万田から勧められた冷蔵庫のヤクルトを飲みながら、こんなことを言った。

「今でも私がシチューを作るときはいつも、鶏肉とかぶを入れるの」

「え、そうなのか？」

　思わず、横から聞き返してしまった。野栄は苦々しい表情でこちらを見返し、ため息をつく。

「お父さんは全然そんなの気づかない。無神経っていうか、そもそも他人に興味がなさすぎるの」

「ははは」

　万田は喉《のど》を鳴らして軽く笑う。その首筋は、ずいぶん肉が落ちた。二週間前に来たときよりも、一つ一つの受け答えに間が空《あ》くようになった。ベッドから下りず、時々ナースコールで看護師を呼んで、背中が痛い、と体に当てたクッションの位置を変えてもらっていた。

　野栄はそんな万田を見て、眉の辺りは困っているのに口元が笑っているぎこちない表情を浮かべ、唐突にぽととっと涙を落とした。

「シチューおいしかった」

　なにか続けて言おうとしているのだけど、嗚咽《おえつ》に刻まれて言葉にならないようだ。あ、ああ、言わんこっちゃない。身内ならともかく、知人の見舞いに来て泣かなくたっていいだろう。病人に気をつかわせることになる。野栄の背中を軽く叩き、悪いな、と目配せするつもりで万田を見ると、万田はなんだか不思議なものでも見るような目で、泣きじゃくる野栄を見つめていた。

「そろそろ行こう、あんまりしゃべると疲れさせる」

野栄はなにか言いたげに俺を見返したものの、眉をひそめて頷いた。トイレに行ってくる、と言う野栄を先に病室から出し、万田へ向き直る。

「騒がせて悪かったな。それじゃあ、また来るから……なにか食いたいものとか、必要なものとか、あるか?」

「いや……」

万田はふらりと周囲のスペースに目を巡らせた。ベッドに付属するテーブルには、野栄が持ってきたフルーツミックスゼリーが手つかずのまま置かれている。

「野栄ちゃん、すごいなあ。平気なふりをしている大人たちが、馬鹿みたいじゃないか」

「えー……」

平気なふりをしておこうぜ、と俺は思う。そういうぐちゃぐちゃしたの、いやなんだよ。表情に苦さがにじんだのだろう。万田は俺を見て「はは」と、しょうがねえなあみたいな感じで、小さく喉を鳴らした。

俺の母親が風邪をこじらせて入院したのは、七十七歳のときだった。彼女より八つ年上の父親は、その三年前から認知症を患い、母親に自宅で介護されていた。母親が入院して数日は俺が実家に泊まり込んで父親を見ていたけれど、退院の見通しがつかなくなった時点で、父親には介護施設に移ってもらった。

結婚から五十数年。ようやく伴侶から離れることができた病床で、母親はまるでそれまで積もり積もった鬱憤《うっぷん》を晴らすかのように、いかに自分の人生が不遇だったか、理解といたわりのない夫に振り回されてきたかを語り始めた。

俺は、それを聞きたくなかった。母親が——大人しくて無口で、家事と育児が大好きな人だと思っていた母親が、急に変貌《へんぼう》したみたいで気味が悪かった。なんだよ、ここまで言わなかったんだから、そんな愚痴は墓まで持って行ってくれよ、今頃言ってどうするんだよ、と疎《うと》む気持ちすら湧いた。ベッドのそばで野栄が「そうなんだ、うわーおじいちゃんひどい。やだねえ、大変だったねえ」なんて泡みたいな相づちを打っているのを見て、器用だなと感心したものだ。

楓さんに憎悪を向けられたときも、母親の恨みを垣間見《かいまみ》たときも、まったく理解のできない物体を唐突に投げつけられたような戸惑いがあった。別に女性が複雑だという話ではない。性別を問わず、職場の同僚にもそんな奴はたくさんいた。悩む必要のないところで悩んで自滅する奴、口に出しても仕方のないことを言って周りを困らせる奴。悩みたくて悩んでいるようにしか見えなくて、俺は相手にしなかった。ようするに、俺よりずっとややこしいことばかり考える人間が、この世にはたくさんいる、ということだ。

万田が俺の写真をよく撮っていることは、二十代の終わり頃には気づいていた。連れ立って出かけた海で、山で、万田はよくファインダーを覗き込んだ。周囲を撮影し、続いて、人が写っていた方があとで一日を思い出せていいからと、よく俺を美しい景色の前に立たせて撮った。

俺は釣れた魚や珍しい生え方をしたきのこを撮影することはあっても、万田個人の写真を撮ろうと思ったことは一度もなかった。ごくまれに気を利《き》かした別の釣り客が「友達と一緒に撮ってあげようか」なんて申し出てくれた際、それじゃあせっかくだから、と頼んだことがあるくらいだ。俺の手元には万田の写真なんて三枚くらいしかない。しかし万田のデジカメには数百枚か、下手したら数千枚の俺の写真が入っている。

俺が万田に対して感じてきた気安さと、時に親切すぎるくらい親切な万田が俺に向ける感情には、たぶんなんらかの食い違いがあるのだろう。でも、それで支障がなければ、正直なところどうでもよかった。万田は他の奴みたいにややこしいことを言わず、二つ返事で遠出に付き合ってくれる気のいい奴だ。どうか最期《さいご》まで、そのままでいて欲しい。余計なことを言わないでほしい。そう願うのは、野栄が言うように無神経なことなのだろうか。

やつれ具合からあまり間を空けない方がいい気がして、一週間後の休日、再び俺は万田の病室を訪ねた。

味覚が過敏になっているならと、高名な豆腐店のおぼろ豆腐を持参したものの、枕に深く頭を預けた万田は億劫《おつくう》そうに首を振った。

「いらない……うん、いらないな。最近あんまり、食欲もないんだ。腹がごろごろするし」

「そうかあ」

こいつはもう自分が食べるために他の生き物を殺さなくていいんだな。ふっとそう思い、よかったなあ、苦手だったもんなあ、と場違いな感想が浮かんだ。言うべきか言わざるべきか二秒迷い、言っても意味のないことだ、と、くだらなく思えて口をつぐむ。万田は病室の入り口へ目を向けて、続けて俺の顔を見た。

「今日、野栄ちゃんは？」

「模試で、今日は来ていない。このあいだ帰った後、ずいぶん野栄に怒られたよ」

「えー？」

「おばあちゃんが入院してたときと同じ、逃げ腰で万田さんの病室に来てるって。長年の友人が俺みたいな無神経な奴じゃ、万田さんが気の毒だってよ」

「野栄ちゃんの……ものの見方は……ドラマチックだなあ」

呟き、万田は小さくむせた。咳《せ》き込みながら上半身を動かし、それをくれ、と指先でテーブルの上の、お茶らしき液体が入った吸いのみを指さす。俺はそれを手に取り、万田の乾燥してささくれた唇に当てて慎重に傾けた。ごくり、と喉仏が上下する。些細《ささい》な動作でも苦痛があるのか、顔をしかめながら再び元の姿勢に戻った。

「松っちゃんが無神経で、人の心が分からないのは、昔からじゃないか」

「そこまで言われてないぞ」

「でも、そういう人も、必要なんだよ。……魚を締めるのも、さばくのも、なんの躊躇《ちゅうちょ》もなくて手つきがきれいだろ。俺はどうしても余計なことばかり考えて、だめだったから。心が揺れると、手元がぶれて魚を苦しませるんだ」

「それ、関係あるか？　ただの技術の話だろう」

「いいや違うな、才能の話さ。松っちゃんに締められた魚は、苦しむ時間がすぐに終わる。いつも見るたびに惚《ほ》れ惚《ぼ》れしたよ。俺が酸欠気味の生け簀のヒラメなら、切り口をぐずつかせる俺のまな板より、松っちゃんのまな板に助走をつけて飛び乗るね」

生け簀からヒラメがフリスビーのごとく飛んでくる姿を想像して、馬鹿馬鹿しさに少し笑う。笑って、ふと、ベッドに横たわる友人の、点滴であざだらけになった左腕、むくみがひどいようでマッサージ機に入れられた両足の、固定ベルトから覗く赤紫色の爪先、すっかりくぼみが深くなった鎖骨周りを、見た。

「ヒラメだったら、とっくに楽にしてやってるのになあ。手を握って、目を閉じてもらって、三秒数えて、すぐだよ」

輸送中に傷がついたりストレスがかかったりで、まだらなうっ血ができてしまった気の毒な活魚たちが頭に浮かぶ。苦しんだんだからすぐに楽にしてやろうと、そういう魚は締める順番をなるべく早めることにしている。自然と手が伸び、今も点滴につながれた、万田の左腕を軽くさすった。

するとそれまで気《け》だるげに鈍っていた万田の目が、まるで月を覆っていた雲が晴れるように、すうっと澄んで明るくなった。俺に触れられた腕を見て、喉を震わせて笑う。

「ああー、驚いた。ぐさっと締められるのかと思った」

「締めないよ」

「ヒラメか、ヒラメに生まれるのも良かったな。今のは、ずいぶんぜいたくだったな」

ひとしきり笑い、再びむせて茶を飲んでから、万田は疲れたと言って目を閉じた。

「じゃあな、松っちゃん」

「おう、また来るな」

「豆腐、持って帰って、野栄ちゃんと二人で食いなさいよ。いい店のやつなんだろう、もったいないよ」

「ああ」

数日後の早朝、万田の姉から連絡が入り、深夜に容体が急変して万田が亡くなったことを伝えられた。

普段は使わない六リットルの鍋を戸棚から引っ張り出し、冷蔵庫の中身を確認する。ハンバーグでも作ろうかと思っていたひき肉が余っている。あとは玉ねぎ、人参、キャベツ、半分食べたおぼろ豆腐くらいか。

また、この大きな鍋を食い物で満たさなければならない。慎重にはがしたキャベツの葉を熱湯にくぐらせてしんなりさせ、みじん切りにした玉ねぎと人参を軽く炒《いた》めた。ひき肉におぼろ豆腐の残りと卵、片栗粉を混ぜてよくこね、粗熱の取れた野菜も入れて、塩と胡《こ》椒《しょう》を振って混ぜ合わせる。

幼児のこぶしぐらいのサイズに丸めたたねを、一つずつキャベツの葉でくるんでいく。

出来上がった十二個のロールキャベツを鍋に敷き詰め、トマトピューレとコンソメのスープで煮込み始めた。

ぐつぐつと心地よい音が耳に届く。今がどれだけ寒くても、うまい食い物がもうすぐできる。きっとお前を温める。そうてらいもなく歌う、万田が残した鍋の音だ。

「いい匂い……おなかすいた」

リビングのドアが開き、髪に寝癖をつけた野栄が顔を出した。

解説——苦しさに「耐えていく」ということ

作家　寺地《てらち》はるな

もう十五年以上前の話だが、病気で入院していた父がとつぜん「すいかが食べたい」と言い出したことがあった。九月の終わり頃だった。ほうぼう探しまわったが、見つけられなかった。すいかが買えなかったと知った父が不機嫌そうに放った「もういい」と同じく不機嫌に返した「うん」が、わたしたちのさいごの会話になった。

今でもすいかを目にすると、そのことを思い出す。同時に、すいかでよかったと思う。食パンとかプリンとかそういう、一年中そこらじゅうで目にする食べものでなくてよかった、と。

生きていると、ある食べものと苦しい記憶が、そしてそれに付随する感情がわかちがたく結びついてしまうことがある。それでもわたしたちは、食べる。たとえまるで味がしなくても、時には涙を流しながらであっても、生きていくために食べなければならない。

『まだ温かい鍋を抱いておやすみ』を読んで、そんなことを考えた。

本書には食べものに関する六つの短編がおさめられている。食べものに関する小説は一定の人気があるようで、わたしも定期的に「書いてください」という依頼を受ける。おいしいものを食べて満たされる時のように読者が「さあ、明日もがんばろう」と思える作品を書いてください、と。しかし本書におさめられた短編から読者が受けとるものは、そのような単純な図式からはすこし離れたところにあるように思う。

「ひと匙《さじ》のはばたき」には身内のダイニングバーの手伝いをしている沙彩《さあや》と、客の清水《しみず》さんというふたりの女性が登場する。ふたりに共通するのはなにか大きなものを前にして「うまくできなかった」「なじめなかった」体験だ。群れから離れて生きるのは、不便なことだ。さびしいとか恥ずかしいという以前にひたすら生物として不便な状態であることは、学校や職場などで一度でも孤立した経験のある人なら理解できると思う。けれども彼女たちは、群れには戻らない。不便かもしれないが、美しい生きかただ。

「かなしい食べもの」の主人公は会社員の透《とおる》。恋人の灯《あかり》からあるパンをつくってほしいとお願いされる。かなしい食べものだ、と思いながらも彼はそのパンをつくり続ける。「家族とはなんだろう。生きて溜《た》めた汚泥《おでい》を分け合うことが義務なのか」という一文に胸を衝《つ》かれた。世間ではよく「喜びを二倍に、悲しみを半分に」できるのが良い関係だなんて言うけれども、汚泥は分け合っても半分にはならない。

最後の場面で、「もう、だいじょうぶかもしれない」と言った灯の口角がひくついたことに「気づかないふりをした」。これからもふたりはすべてを分かち合うことはなく、それでも、ともに生きていくのだろう。

ここ数年、「言語化」という言葉をよく見聞きするようになった。パートナーとすべての問題を分かち合い、納得いくまで話し合う。それができる関係が理想的であると。けれども誰もができることではないし、誰にとってもベストなやりかたではないだろう。「ミックスミックスピザ」の早百合《さゆり》は休職中の夫、晴仁《はるひと》を気遣ってはいるけれども完全には理解しえない、ということもまた理解している。作中でふたりの問題は解決されず、むしろ新たな問題が増えている。彼らの未来について、わたしは「でも、きっとだいじょうぶ」などとは思わなかった。だいじょうぶじゃなくても生きていく覚悟がある人に向かって、気休めみたいに「だいじょうぶ」と言う必要はないと思った。

「ポタージュスープの海を越えて」では、ふたりの女性が旅に出る。スーパーで鶏肉を手にとっては棚に戻すことを繰り返す場面は他人事《ひとごと》とは思えなかった。わたしはこの短編の海の場面が大好きで、繰り返し読み過ぎて夢に出てきたことすらある。日本中の、いや世界中の、今日も明日も自分以外の誰かのために食事をつくり続ける人びとに読んでほしい。

同じく女性ふたりの話だが「シュークリームタワーで待ち合わせ」はすこし状況が異なる。幸《さち》は子どもを亡くしている。夜子《よるこ》は幸のために毎日おいしいものをつくり続ける。「後ろ暗さが混じらない百パーセントの澄み切った好意なんて、今まで自分の中に一度も見出《みいだ》したことがない」ときっぱりと言い切る夜子は、それでいて、けっして幸から目を逸《そ》らさない。夜子は「誰も彼も、なんで愛情が絡むとみんな一緒くたにするの」と言う。

愛情というのは、ほんとうに厄介で、汁ものに入れた餅《もち》のようにべたべたといろんなものにくっついて巻きこんで、しまいには溶けてどろどろになって本来のかたちを失う。最後まで読んで、夜子が夜子でよかったと思った。幸のそばにいてくれたのが夜子で、ほんとうによかったよね、と言いたくなった。なぜだか彩瀬《あやせ》さんの小説を読んでいるといつも、登場人物に話しかけたくなるのだ。大切な友人にたいして、そうするように。

「大きな鍋の歌」の主人公は中年の男性だ。入院中の友・万田《まんだ》を見舞う彼は、その余命いくばくもない友の、自分に向けられた特別な思いに気づきながらも「余計なことを言わないでほしい」と願う。そうした態度を娘に「無神経」と非難されている。けれども万田の瞳《ひとみ》を「月を覆っていた雲が晴れるように」澄ませることができるのはこの人だけで、やっぱり「よかったね」と声をかけたくなってしまう。

もしこの本が「おいしいものを食べたように満ち足りた気分になる物語」ならば、それぞれの短編は、もっと違った描かれかたをしたのではないだろうか。もっと気持ちよく泣けるような、とでも言えばいいだろうか。たとえば、死にゆく友人の恋慕を誠実に受け止めるとか。会社の後輩と浮気などせずに配偶者と向き合うとか。あるいはそれこそ「百パーセントの澄み切った好意」で友人を献身的に支えるとか。そういう物語は、読者の眉《まゆ》をひそめさせない。でもそんなのは嘘《うそ》だ。誰の反感も買わずにすむ物語は、誰にも選ばれない物語だ。彩瀬さんの小説の主人公たちはいずれも正直だ。自分の中の美しくない感情を、けっしてなかったことにしない。

「私はたぶん今後も、満ち足りた人を祝福する一皿は作らないのだろう。そういう食卓を、心の底では信じていない。
それよりも幸のような人に食べて欲しい。苦しい時間を耐えていく人の食卓に豊かさを作りたい。その食卓には、きっと私の席もあるのだ。」

この箇所を読んだ時、「一皿」を「小説」に変えたら、まるで彩瀬さんの作品について書かれた文章のように読めるな、と感じた。苦しみを「なくす」でもなく「忘れさせる」

でもない。あくまで「耐えていく」人びとのそばにある物語だと、わたしは思う。

　正しさとか幸福とかというものは、ほんとうに大切なものだけれども、生きていればそうではないものを抱えこむ時もある。そんなものをいつまでも抱えているのはまちがっているかもしれないが、かんたんに放り出すこともできない。日々葛藤しながら苦しい時間を耐えていくわたしたちのそばに、本書がある。なんと心強い道連れだろうか。

（この作品『まだ温かい鍋を抱いておやすみ』は令和二年五月、小社より四六判で刊行されたものです）

まだ温かい鍋を抱いておやすみ

一〇〇字書評

切り取り線

購買動機（新聞、雑誌名を記入するか、あるいは○をつけてください）

□（　　　　　　　　）の広告を見て	
□（　　　　　　　　）の書評を見て	
□ 知人のすすめで	□ タイトルに惹かれて
□ カバーが良かったから	□ 内容が面白そうだから
□ 好きな作家だから	□ 好きな分野の本だから

・最近、最も感銘を受けた作品名をお書き下さい

・あなたのお好きな作家名をお書き下さい

・その他、ご要望がありましたらお書き下さい

住所	〒				
氏名		職業		年齢	
Eメール	※携帯には配信できません	新刊情報等のメール配信を 希望する・しない			

この本の感想を、編集部までお寄せいただけたらありがたく存じます。今後の企画の参考にさせていただきます。Eメールでも結構です。

いただいた「一〇〇字書評」は、新聞・雑誌等に紹介させていただくことがあります。その場合はお礼として特製図書カードを差し上げます。

前ページの原稿用紙に書評をお書きの上、切り取り、左記までお送り下さい。宛先の住所は不要です。

なお、ご記入いただいたお名前、ご住所等は、書評紹介の事前了解、謝礼のお届けのためだけに利用し、そのほかの目的のために利用することはありません。

〒一〇一－八七〇一
祥伝社文庫編集長　清水寿明
電話　〇三（三二六五）二〇八〇

祥伝社ホームページの「ブックレビュー」からも、書き込めます。
www.shodensha.co.jp/bookreview

祥伝社文庫

まだ温《あたた》かい鍋《なべ》を抱《だ》いておやすみ

令和 5 年10月20日　初版第 1 刷発行

著　者　彩瀬《あやせ》まる
発行者　辻　浩明
発行所　祥伝社《しょうでんしゃ》
東京都千代田区神田神保町 3-3
〒101-8701
電話　03（3265）2081（販売部）
電話　03（3265）2080（編集部）
電話　03（3265）3622（業務部）
www.shodensha.co.jp
印刷所　萩原印刷
製本所　ナショナル製本
カバーフォーマットデザイン　芥 陽子

Printed in Japan ©2023, Maru Ayase　ISBN978-4-396-35013-0 C0193

祥伝社文庫の好評既刊

近藤史恵　スーツケースの半分は

あなたの旅に、幸多かれ――青いスーツケースが運ぶ〝新しい私〟との出会い。心にふわっと風が吹く幸せつなぐ物語。

近藤史恵　新装版　カナリヤは眠れない

彼女が買い物をやめられない理由とは？　身体の声が聞こえる整体師・合田力が謎を解くミステリー第一弾。

近藤史恵　新装版　茨姫《いばらひめ》はたたかう

臆病な書店員に忍び寄るストーカーの素顔とは？　迷える背中をそっと押す、整体師探偵・合田力シリーズ第二弾。

近藤史恵　新装版　Shelter《シェルター》

殺されると怯える少女――秘密を抱える姉妹の再出発の物語。心のコリをほぐす整体師探偵・合田力シリーズ第三弾。

瀧羽麻子　あなたのご希望の条件は

転職エージェントの香澄は、自身の人生に思いを巡らせ……。すべての社会人に贈る、一歩を踏み出す応援小説。

柚月裕子　パレートの誤算

ベテランケースワーカーの山川《やまかわ》が殺された。被害者の素顔と不正受給の疑惑に、新人職員・牧野聡美《まきのさとみ》が迫る！

祥伝社文庫の好評既刊

三浦しをん
木暮荘物語《こぐれそう》

小田急線・世田谷代田駅《せたがやだいた》から徒歩五分、築ウン十年。ぼろアパートを舞台に贈る、愛とつながりの物語。

柚木麻子
早稲女《ワセジョ》、女、男

自意識過剰で面倒臭い早稲女の香夏子《かなこ》と、彼女を取り巻く女子五人。東京で生きる女子の等身大の青春小説。

飛鳥井千砂
そのバケツでは水がくめない

公私の垣根を越え、大切なものを分かち合ったはずの「友情」は、取るに足らないきっかけから綻びはじめる……。

こざわたまこ
君には、言えない

元恋人へ、親友へ――憧憬、後悔、反発……あの日、言えなかった〝君〟への本当の気持ちを描く六つの短編集。

坂井希久子
虹猫喫茶店

「お猫様」至上主義の喫茶店にはワケあり客が集う。人生、こんなはずじゃなかったというあなたに捧げる書。

坂井希久子
妻の終活

余命一年。四十二年連れ添った妻が末期がんを宣告された。妻への後悔と自分の将来への不安に襲われた老夫は……。

祥伝社文庫の好評既刊

小野寺史宜　**ホケッ!**

一度も公式戦に出場したことのない大《だい》地《ち》は伯母さんに一つ嘘をついていた。自分だけのポジションを探し出す物語。

小野寺史宜　**家族のシナリオ**

余命半年の恩人を看取る——元女優の母の宣言に〝普通だったはず〟の一家が揺れる。家族と少年の成長物語。

小野寺史宜　**ひと**

両親を亡くし、大学をやめた二十歳の秋。人生を変えたのは、一個のコロッケだった。二〇一九年本屋大賞第二位!

小野寺史宜　**まち**

幼い頃、両親を火事で亡くした瞬一は、高校卒業後祖父の助言で東京へ。下町を舞台に描かれる心温まる物語。

五十嵐貴久　**愛してるって言えなくたって**

一時の迷いか、本気の恋か？　妻子持ち三十九歳営業課長×二十八歳新入男子社員の爆笑ラブコメディ。

岩井圭也　**文身**

己の破滅的な生き様を、私小説として発表し続けた男の死。その遺稿に綴られていた驚愕の秘密とは……。

〈祥伝社文庫　今月の新刊〉

井上荒野
ママナラナイ
老いも若きも、男も女も、心と体は変化する。制御不能な心身を描いた、極上の十の物語。

楡　周平
食王
麻布の呪われた立地のビルを再注目ビルに！闘いを挑んだ商売人の常識破りの秘策とは？

近藤史恵
夜の向こうの蛹《さなぎ》たち
二人の小説家と一人の秘書。才能と容姿が生む疑惑とは？　三人の女性による心理サスペンス。

彩瀬まる
まだ温かい鍋を抱いておやすみ
大切な「あのひと口」の記憶を紡ぐ――。心にじんわり効く、六つの食べものがたり。

千早　茜
さんかく
食の趣味が合う。彼女ではない人と同居する理由はそれだけ。でも彼女には言えなくて……。

五十嵐貴久
命の砦
聖夜の新宿駅地下街で同時多発火災が発生。大爆発の危機に、女消防士・神谷夏美は……。

若木未生
われ清盛にあらず　源平天涯抄
清盛には風変わりな弟がいた――壇ノ浦後も生き延びた生涯とは。無常と幻想の歴史小説。

門田泰明
負け犬の勲章
左遷、降格、減給そして謀略。裏切りの企業論理に信念を貫いた企業戦士の生き様を描く！

小杉健治
わかれ道　風烈廻り与力・青柳剣一郎
優れた才覚ゆえ人生を狂わされた次席家老の貞之介。その男の過去を知った剣一郎は……。